(1552-1618)

Queen Elizabeth

When I was Fair and Young
(내가 아리땁고 어렸을 적에)

Thomas Campion
토마스 캠피온 (1567-1620)

나는 어든 숙녀들을 경멸하지 않아요

Thomas Campion
토마스 캠피온 (1567-1620)

나는 어든 숙녀들을 경멸하지 않아요

T.S. Eliot
'The Love Song of J. Alfred Prufrock'

us go then, you and I ...
do not ask, "What is it?"
us go and make our visit ...

nd indeed, there will be time.
wonder, "Do I dare?" and, "Do I dare?"
me to turn back and descend the stair

I dare
sturb the universe?
a minute there is
or decisions and revis

For I have known
So how should I

2022. 5. 29   Date   Page 1/4

LIST of Poems   (장가영)

peare, William : Sonnet 18
            : Sonnet 130
            : Blow, Blow, Thou Winter Wind

John : Love's Growth
     : A Valediction of Weeping
     : The Flea

n, Ben : On My First Daughter
       : Inviting a Friend to Supper
       : Song : To Celia (1)

k, Robert : Upon Julia's Breasts

Sample Poem 1

William Shakespeare
Sonnet 130

W. Shakespeare
" Sonnet 18 "
                    — 장가영 —
                    2022. 5

우래와 달리 영주에 사는 여름이 한당의 계절입니다. 용자를 덮치로
훈종하지도 개별이 너무 강하지도 않습니다.
늘 바가 되 으느한 바람의 바슴을 이야기 하는 길고도 사랑의
거울 뒤에 붉은 계절은 새도 없이 지나갔으며, 비로소 맞나는 여름은
신의 운송의 비정원 정도는 운송연의 사랑을 받지요
시인은 영주의 아름다움을 들언에게 귀려고 국민연연인 여름을
탄탄 털칼정으로 용감합니다. 그것은 그의 '터무니 없는 자신감에
기인하지요. '내가 이 시를 붕명의 시로 맞들의 그래의 아름다움에
여선간 생명력을 부여하리라. 눈, 그리고 이었던 팩트가 되었지요.
400년도 더 지난 지금 그의 연인은 '여름보다 아름다운 여인으로 아시
속에 상아있으니까요.

정경심과 영미시 함께 읽기
희망은 한 마리 새

절망을 뚫고 희망으로 날아올라간
시의 생명력을 함께 느껴 보세요!

정 경심 올림.

일러두기

1. 이 책에 수록된 시의 대부분은 영미문학계에서 가장 권위있는 영미시모음집인 《The Norton Anthology of Poetry》(*W. W. Norton*)에서 가져왔습니다. 16세기로부터 20세기에 이르기까지 약 400여 년의 기간 동안 각 시대를 대표하는 시 150여 편을 번역하고 해설한 뒤, 1차로 61편을 골라 삶, 고난, 희망을 주제로 3부로 나누어 실었습니다.

2. 영미시는 원전에 수록된 형식을 최대한 살려서 실었으며 한 행의 번역이 행을 넘치는 경우에는 들여쓰기를 해서 같은 행임을 알 수 있도록 디자인했습니다.

3. 번역은 영미시의 형식과 의미를 최대한 살릴 수 있는 방향으로 작업했으며 형식을 깨트리지 않는 범위에서 의미 전달에 초점을 두었습니다.

4. 영미시를 한국 독자 대중에게 소개하려는 목적으로 기획하였기에 주석은 최대한 피하고 한글 번역만으로도 영시를 즐길 수 있도록 노력했으며, 시의 배경과 의미는 해설을 통해 보충 설명했습니다.

5. 시집은 《순수의 시》(*Songs of Innocence*, 1789), 단일 시는 〈차일드 해럴드의 편력〉(Childe Harold's Pilgrimage, 1812)처럼 구별하여 표기했습니다.

6. 저작권 표기는 시인 사후 70년 이상 된 시는 별도 표기하지 않고 시인 사후 70년 이내인 시는 해당 시에 © 1966 by Robert Hayden 형식으로 저작권을 표기했습니다.

7. 저작권이 있는 시는 저작권자와 접촉하여 사용 허락을 요청하고 있습니다. 출간 전 허락을 완료하지 못한 시의 경우는 출간 후 협의 과정을 통해 저작권 사용 허락을 받도록 하겠습니다.

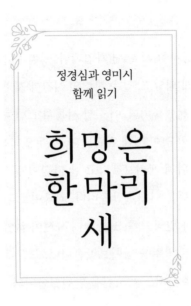

정경심과 영미시
함께 읽기

희망은
한마리
새

정경심 지음

Hope is the thing with feathers
- chungkyungsim -

영미문학을 공부한 지 44년 차입니다. 어쩔 수 없는 사정으로 강단을 떠나게 되었고, 깊은 시련의 시간에 제 천직이 무엇인지 거의 잊을 뻔했습니다. 어느 날 지독히도 힘들었던 날, 영문으로 된 시집 한 권이 제게 왔습니다. 아주 오래전부터 영미시의 대중화를 위해 애써보겠다고 한 다짐이 문득 되살아나서 며칠 묵혀둔 책을 꺼내보았습니다. 외국어로 된 시를 소개하려면 무엇보다 번역이 중요할 텐데 사전이 없었습니다. 그래서 그냥 텍스트를 주욱 읽어보았습니다. 그런데 형언할 수 없는 평정심으로 빠져드는 자신을 발견했습니다.

영미시를 읽는 동안만큼은 잡생각이 끼어들지 않더군요. 다 소진되어 버린 줄 알았던 지적 호기심이 발동하기 시작했습니다. 사전 없이 단숨에 다섯 편의 시를 번역하고 해설도 붙여보았습니다. 그 시간이 어찌 지나갔는지 기억나지 않을 정도로 몰입했습니다.

출판사를 하는 친구에게 편지를 썼고 영미시를 시대별로 모은 앤솔로지(모음집)와 영영사전을 요청했습니다. 그렇게 이 영미시 작업은 2022년 봄의 끝자락에 시작되었습니다. 인터넷도, 그 어떤 참고 자료도 없이 사전과 저 자신만을 가지고 시작한 작업이었습니다. 초고가 거의 완성되었을 무렵 척추에 탈이 났습니다. 두 번의 수술과 힘들고 지리한 투병 생활 동안 영미시 작업은 완전히 멈추었습니다. 마치 저의 시간이 멈춘 듯했습니다. 이 멈춤의 시기에 저는 비로소 주변을 돌아보기 시작했지요. '멈추어야 비로소 보이는' 수많은 것들이 앞다투어 제 눈으로, 제 머릿속으로, 제 가슴으로 들어와서 글이 되기 시작했습니다. 누워서 벽에 대고 연필로 짧은 단상의 글을 구치소 보고전 용지에 써 내려갔습니다. '나 좀 봐달라'고 오래 기다렸던 이야기를 모아보니 모두 삼백오십여 편에 달했고 그것이 《나 혼자 슬퍼하겠습니다》가 되었습니다.

2023년 여름 끝자락이 되어서야 비로소 1년 동안 밀쳐두었던 영미시 원고를 되돌아볼 수 있었습니다. 다시 기쁨이 저를 조금씩 채우기 시작했지요. 특히 그 여름에, 저와 제 가족이 모든 것을 내려놓았지요. 그래서였을까요. 저는 제 성인의 삶 대부분을 저와 함께 살아온 영문학이 저의 영원한 안식처이자 해방공간임을 그제야 깨닫습니다. 그해 칠팔월에 1차 완고가 완성되었습니다. 수정을 거쳐 연말에 옥중 출간을 계획하고 있다가 9월 28일에 가석방되었습니다. 가석방되면서 시 형식으로 쓴 옥중수기가 11월 28일 먼저 세상과 만났습니다. 그렇게 이 책은 옥중수필집에 순서를 내주었습니다. 재판이 여전히 진행되고 있었습니다. 그래서 저는 최종심에 해당하는 결심이 끝나고서야 영미시집 원고로 돌아갈 수 있었습니다. 이렇게 이 영미시집은 두 번의 휴지기를 거치며 거의 2년 가까운 세월을 거쳐 최종본이 완성되었습니다.

이번 겨울, 제게는 잊을 수 없는 자유의 겨울, 기쁨의 시공간으로 다시 저를 데려간 것은 영미시 작업입니다. 《나 혼자 슬퍼하겠습니다》와 달리 저는 이 시집을 처음부터 세상에 선보일 작정을 하고 있었습니다. 근 20년 전부터 기획했었지요. '은퇴하고 나면 꼭 써야지' 했던 원고가 시련 때문에 5년쯤 당겨진 것입니다. 세상에 내놓겠다고 처음부터 생각했던 만큼 부담이 컸습니다. '뛰어난 영문학자들이 많은데 과연 내가 잘할 수 있을까?' 그러나 지독한 시련은 배짱도 키우는 모양입니다. 못나면 못난 대로 부족하면 부족한 대로 제가 만든 '이놈'을 세상에 내놓기로 마음을 굳혔습니다. 일단 세상에 내보내고 나면 더 이상 저의 소유물이 아닐진대 그저 독자들의 평가를 받으며 생로병사 하도록 지켜봐야지 하는 배짱이었습니다. 그리고 제게 과분한 사랑을 보내주신 많은 분께 제가 아직 죽지 않고 살아있다고 말하고 싶었습니다.

이 책은 본래 전全 두 권으로 기획되었습니다. 총 백오십여 편의 영미시를 번역하고 해설을 달았습니다. 이 중 육십여 편을 추려서 먼저 이별합니다.《희망은 한 마리 새》라는 이름을 달고 처음 세상으로 향하는 어린 새가 둥지를 박차듯 그렇게 힘차게 비상하면 좋겠습니다. "희망은 그 자체로 좋은 거 아냐?"라고 말하는 분이 꽤 있습니다. 그러나 '희망 고문'이라는 말이 있듯이 절망으로 치닫는, 즉 절망을 예견하는 희망은 더욱더 아픕니다. 여기 에밀리라는 똑같은 이름을 가진 두 명의 시인이 '희망'을 노래했습니다. 두 시인이 다 희망을 날개 달린 새에 비유했습니다. 한 희망은 계속 기대를 품게 하다가 결정적인 순간에 매몰차게 날아가 버립니다. 다른 희망은 절망에 찬 이에게 기운을 내라고 격려하며 명랑한 노래를 불러줍니다. 아무리 고난이 깊어도 시련이 거세어도 떠나가지 않고 사방에 희망의 곡조가 울리게 합니다. 제가 제목으로 삼은 희망은 바로 이 두 번째 희망, 끝까지 곁을 지켜주며 힘내라는 노래를 그치지 않는 작은 새입니다.

누구나 인생을 살아가다 보면, 크든 작든 고난을 만납니다. 저 역시 그랬습니다. 제 주변의 지인은 물론 저조차도 과연 제가 이 고난을 이겨낼 수 있을 것인지 의심스러웠던 시간이 아주 길게 끝도 없이 이어졌습니다. 그 시간 동안 저는 두 종류의 희망 새를 모두 만났습니다. 더 힘든 시간은, 당연히 기대를 배신하고 날아가 버리는 희망 새와의 시간이었지요. 그러나 저는 그 지독한 고난의 시간 내내 제 곁을 끝까지 지켜준 '작은 새' 덕분에 주저앉아 포기하지 않고 이 길을 걸을 수 있었습니다. 물론 길이 아직 끝나지 않았습니다. 그러나 고난이 바닥을 쳤다는 생각이 어렴풋이 듭니다. 저 멀리 아주 가느다란 빛이 보이는 듯합니다. 이 길 끝에 다다르면 밝은 신작로가 저를 기다리고 있을 것만 같습니다.

저는 이 시집을 통해 많은 분이 위로받았으면 좋겠습니다. 제가 이 시집에 담은 시간이 무려 사백여 년에 걸쳐 있습니다. 그 세월이면 십수 세대가 지나갔습니다. 그런데 세세연년歲歲年年 인간사는 다를 바가 없더군요. 시 작업을 하면서 저처럼 깊은 고난을 맞은 이가 한둘이 아님을 깨달았습니다. 고난만이 아닙니다. 인간사 희로애락喜怒哀樂이 모두 한가지더군요. 사람의 감정에는 시공을 초월하는 보편성이 있으니까요. 지금 기쁜 이, 지금 슬픈 이, 기쁘면 기쁜 대로, 슬프면 슬픈 대로, 그 기쁨과 그 슬픔에 매몰되어 자신을 잃지 말고, 삶을 관조할 수 있으면 좋겠습니다. 눈을 들어. 먼 산, 드높은 하늘을 바라보며 삶과 역사를 조용히 느껴보면 좋겠습니다. 그리고 자신을 그 중심에 세워두었으면 합니다. 결국 우리에게 주어진 유한한 시간 동안 무엇을 해야 할지, 어디로 가야 할지, 왜 가는 것인지를 깨달을 수 있다면 그 어떤 삶도 의미 없는 삶은 아닐 테니까요. 부디 이 시집이 독자들께 그런 영감을 불러일으키고 그런 깨달음에 도달하는 길잡이가 되어주면 저는 더 바랄 것이 없습니다.

　이 책이 나올 수 있게 저를 격려한 수많은 분께 감사드립니다. 저를 불쌍히 여기시고 공감과 온정의 눈길을 건네지 않았다면 제가 그 시간을 어찌 견뎠을지 상상이 가지 않습니다. 아직 세상은 따뜻하고, 아직 미래는 희망이 있고, 아직 인생은 살만하다는 확신을 주신 분들께 다시 한번 더 고개 숙여 감사드립니다. 그리고 그동안 단 한 번도 서로를 탓하지 않으며 오직 격려와 신뢰로 버텨준 제 가족에게 고맙습니다. 사랑합니다, 여러분.

2024년 1월의 끝자락에
정경심 쓰다

차례

2부 덧없는 세상을 위한 기도

3부 결국, 사람이 희망이다

1부

까르페 디엠
(이 순간을 살아라)

1

내 그대를 한여름날에 비할까요?

윌리엄 셰익스피어 (1564~1616)

내 그대를 한여름날에 비할까요?

그대는 더 사랑스럽고 더 온유합니다.

거친 바람이 불어와 5월의 어여쁜 꽃봉오리를 흔들어 버리고,

여름은 한 번 데이트하기에도 너무 짧습니다.

때로는 천국의 눈, 태양이 너무 뜨겁게 비추지요,

그리고 종종 그 황금빛 안색이 흐려지기도 하고요.

아름다운 모든 것도 언젠가는 스러지지요,

우연히 또는 자연의 변화 속에서 추하게 변합니다.

하지만 그대의 영원한 여름은 스러지지 않게 만들겠습니다,

결코 그대의 아름다움을 잃지도 않게 할 것이며,

그대가 자기 그늘에서 방황한다고 죽음이 결코 떠들어대지도

　못하게 하겠소.

나의 이 영원한 시행 안에서 그대가 시간이 갈수록 자라나게

　할 테니까요.

　　인간이 살아 숨쉬고 그 눈이 세상을 보는 그 날까지

천년이고 만년이고 오래도록, 나의 시는 그대에게
생명을 주리라.

Sonnet 18: Shall I compare thee to a summer's day?

William Shakespeare

Shall I compare thee to a summer's day?

Thou art more lovely and more temperate:

Rough winds do shake the darling buds of May,

And summer's lease hath all too short a date;

Sometimes too hot the eye of heaven shines,

And often is his gold complexion dimmed;

And every fair from fair sometimes declines,

By chance or nature's changing course untrimmed;

But thy eternal summer shall not fade,

Nor lose possession of that fair thou ow'st;

Nor shall death brag thou wand'rest in his shade,

When in eternal lines to Time thou grow'st:

    So long as men can breathe, or eyes can see,

    So long lives this, and this gives life to thee.

우리와 달리 영국에서는 여름이 최상의 계절입니다, 춥지도 덥지도 축축하지도 햇빛이 너무 강하지도 않습니다. 늘 비가 오고 으스스한 바람이 뼛속을 에이게 하는 길고도 사악한 겨울 뒤에 봄은 어느새 와서 눈 깜짝할 사이에 떠나갑니다. 그래서 여름은 신의 은총에 비견될 정도로 온 국민의 사랑을 받지요. 제가 영국에서 오래 공부할 때 느낀 영국의 여름은 가장 찬란한 계절이면서 가장 단명하는 축복이지요. 사실상 한두 달에 불과합니다. 봄을 알리는 수선화가 피어나는 시기는 아직

춥고 바람이 불어서 옷깃을 여미게 하고 겨우 5월 말에서 6월 초쯤 되어야 따뜻한 햇볕이 실감났습니다.

하루에 사계절이 다 들어 있다고 농담할 만큼 영국의 날씨는 변덕이 심한데도 여름의 이 짧은 기간만큼은 하늘에 감사할 지경으로 맑고 따스하지요. 그렇다고 온종일 균질한 것은 아니지만요. 그래서 해가 떠 있는 동안 어찌되었든 최상의 활용을 위해 웃통을 벗고 일광욕하는 이들이 도처에 있습니다. 어쩌면 영국의 유명한 격언, '해가 떠 있을 때 건초를 말려라'(Make hay while the sun shines), 즉 '기회가 왔을 때 잡아라'는 이래서 유래했는지 모릅니다. 얼마나 해 뜨는 것을 보기가 어려웠으면 그랬을까요….

시인은 연인의 아름다움을 돋보이게 하려고 이처럼 '국민 연인'인 여름을 용감하게 탈탈 텁니다. 게다가 그것도 겉보기에 그의 '터무니없는' 자신감에 기인하지요. "내가 이 시를 불멸의 시로 만들어 그대의 아름다움에 영원한 생명력을 부여하리라"는. 그런데 이 터무니없어 보이는 그의 배짱이 역사적 팩트가 되었습니다. 400년도 더 지난 지금, 그의 연인은 '여름보다 아름다운 여인'으로 이 시 속에 살아 있고 오늘 이 시를 읽는 우리는 '대체 그녀가 얼마나 아름다웠길래'라는 심정으로 이 시에 빠져들고 있으니까요.

만용이면 어떤가요. 자신감은 모든 성공의 열쇠라고 합니다. 그리고 자신감에 찬 사람은 자체발광, 그 자체로 빛이 난다고 합니다. 마음에 품은 이가 있다면 당장 자신 있게 고백하세요. 그 자신감이 곧 현실이 될 수 있으니까요. 사실 저도 제가 처음 고백했는데, 당시에는 그게 만용인지도 몰랐다는 것이 맹점입니다. 그냥 처음으로 전 존재를 뒤흔드는 경험을 했고 무작정 "이 사람이야"(That's Him)라는 생각으로 나도 모르게 다가가서 데이트를 신청했으니까요. 돌이켜보니 제가 생각해도 황당한 짓이었는데, 어쩌면 그런 만용은 젊어서나 가능한 것이고 인생에 딱 한 번으로 끝난다면 더할 나위 없는 것이라고 생각하며 스스로를 위로(?)하곤 합니다.

하지만 대충은 안 돼요. 단단히 하셔야 합니다. 섣불리 셰익스피어를 베끼려는 만용은 안 됩니다. 그녀가 외계인 보듯 쳐다보며 콧방귀를 끼면 어쩌렵니까. 치밀하게 준비하세요. 성공 확률이 높을 타이밍을 잡아야 해요. 인생은 타이밍이죠, 맞지요? 자, 그럼 준비됐나요? 용감한 그대에게 굿 럭 투 유! 동화 속의 커플처럼 "그들은 그 이후로 행복하게 오래오래 살았습니다"(They lived happily ever after)의 주인공이 되시기를!

2

내가 아리땁고 어렸을 적엔

엘리자베스 1세 여왕 (1533-1603)

내가 아리땁고 어렸을 적엔, 연모하는 이들이 은총처럼 쏟아졌다네.
많은 이가 나의 연인이 되고자 안달이었으나
나는 그들 모두를 비웃으며 대답했다네.
가세요, 가, 가서 다른 데서 알아보세요, 내게 지분거리지 말구요.

얼마나 많은 이가 짓무른 눈으로 비애에 젖어 시들었을지
얼마나 많은 이가 미어지는 가슴으로 탄식했을지 셀 수도 없지만
나는 갈수록 오만해져서는 소리 질렀다네.
가세요, 가, 가서 다른 데서 알아보세요, 내게 지분거리지 말구요.

그랬더니 잘생긴 비너스의 아들, 당당하고 승리에 찬 소년
큐피드가 말했다네. 이 깜찍한 아가씨야, 그대가 너무 내숭을 떠니
내가 너의 오만한 깃털을 뽑아서 더 이상 비웃지 못하게 하리라.
가세요, 가, 가서 다른 데서 알아보세요, 내게 지분거리지 말구요.

그가 이렇게 말하자마자, 내 가슴에 걱정이 자라났다네.

그래서 나는 밤에도 낮에도 휴식을 취할 수 없었으니,

예전에 왜 그런 말을 했던고 후회막급이었다네.

가세요, 가, 가서 다른 데서 알아보세요, 내게 지분거리지 말구요.

When I Was Fair and Young

Queen Elizabeth I

When I was fair and young, then favor graced me.

Of many was I sought their mistress for to be,

But I did scorn them all and answered them therefore:

Go, go, go, seek some other where, importune me no more.

How many weeping eyes I made to pine in woe,

How many sighing hearts I have not skill to show,

But I the prouder grew and still this spake therefore:

Go, go, go, seek some other where, importune me no more.

Then spake fair Venus' son, that proud victorious boy,

Saying: You dainty dame, for that you be so coy,

I will so pluck your plumes as you shall say no more:

Go, go, go, seek some other where, importune me no more.

As soon as he had said, such change grew in my breast

That neither night nor day I could take any rest.

Wherefore I did repent that I had said before:

Go, go, go, seek some other where, importune me no more.

스페니시 아르마다^{Spanish Armada} 유럽 최강의 스페인 함대를 격파하고 유럽 패권을 거머쥔 여왕, 엘리자베스 1세가 쓴 시입니다. 시대를 통틀어 최고의 문호라고 추앙 받는 윌리엄 셰익스피어를 가졌던, 정치와 문예에서 정점을 찍었던, 영국 역사의 자랑이요, 영원한 자부심인 여왕입니다. 절대왕권을 가진 여왕으로서 스스로 영국과 결혼하였다고 선언하고 평생 독신을 선택했던 그녀입니다.

그러나 이제 청춘도 아름다움도 지나간 과거가 된 시점에, 한 여인으로서의 속내를 담담히 재치 있게 드러내고 있습니다. 문턱이 닳도록 드나들며 연모의 시를 바쳤던 구애자들은 온데간데없고, 그녀의 오만함은 한풀 꺾여 걱정과 후회로 가득하다고 합니다.

그런데 이렇게 된 탓을 사랑의 신 큐피드를 노엽게 한 결과라고 하지요. 세 살도 채 안 되어 친모 앤 불린의 처형을 겪고 왕비를 수시로 갈아치운 아버지 헨리 8세의 변덕, 재위 중 스코틀랜드의 여왕 메리와의 갈등과 견제, 수많은 정적의 제거 등 처절한 가시밭길을 걷고 걸은 철의 여인에게서 이처럼 인간적인 목소리를 듣는 것은 참으로 신선하기 그지없습니다. 그녀도 한 사람인 것을 고려하면 당연한 일인데도 말입니다.

권력의 정점에서 모든 것을 누렸을 그녀에게도 신은 결코 모든 것을 주지는 않았던 모양입니다. 삶은 그런 것입니다. 너무 찼다 싶으면 기울기 마련이지요. 두루두루 다 가진 듯이 보이는 이에게도 알지 못할 고충과 고난이 불시에 닥치게 하는 것, 그것이 못나고 질투심 많고 속 좁아터진 운명의 여신입니다. 그러니 친절하지 않은 운명 탓을 하지 말고, 늘 나 자신을 믿고 내가 나를 가장 사랑해야 합니다.

나무 중에 제일 예쁜 나무, 벚나무

A. E. 하우스만 (1859~1936)

나무 중에 제일 예쁜 나무, 벚나무
가지마다 만개한 꽃을 주렁주렁 매달고,
숲속으로 이어지는 승마길 주변에 서 있네,
부활절을 맞아 하얀 옷으로 단장하였네.

아, 내 인생 칠십 년 중에,
지나간 스무 해는 다시 오지 않으리.
일흔 봄에서 스물을 빼면,
기껏 쉰 번의 봄이 남는구나.

활짝 핀 꽃들을 바라보기에
쉰 번의 봄으로도 충분치 않으니,
숲으로 나는 가리라
눈꽃처럼 만발한 벚나무 보러 가리라.

Loveliest of Trees, the Cherry Now

A. E. Housman

Loveliest of trees, the cherry now
Is hung with bloom along the bough,
And stands about the woodland ride
Wearing white for Eastertide.

Now, of my threescore years and ten,
Twenty will not come again,
And take from seventy springs a score,
It only leaves me fifty more.

And since to look at things in bloom
Fifty springs are little room,
About the woodlands I will go
To see the cherry hung with snow.

인생을 칠십으로 정하고 스무 번의 봄은 이미 가버렸다고 합니다. 그러니 화자는 이제 갓 20세가 된 청년이겠지요. 스물이면 인생의 청춘이요 한창인 봄입니다. 자신도 인생의 봄을 맞은 나이에 활짝 핀 봄꽃의 아름다움을 노래하는 여유로움이 참 부럽습니다.

요즘 스물이면 대학에 막 입학한 나이지요. 오래 강단에서 학생을 가르쳐 왔지만, 그 나이에 자연을 관찰하고 아름다움을 노래할 여유를 가진 젊은이를 많이 보지 못했습니다. 더욱이 남은 오십 년 인생으로도 벚꽃의 아름다움을 즐기기엔 부족하다는 깨달음에 뭔지 모를 찬사를 보내고 싶습니다. 오늘날 우리의 젊은이들은 입시에 취업에 허덕허덕 하느라 남은 인생과 봄꽃을 연관 지을 여유가 없어서 더욱 안타깝지요.

해마다 단풍철이 되면 어찌 저리 많은 사람이 내장산이고 설악산이고 단풍 속에 뒤엉켜 있는지 그들은 대체 어디서 저런 시간이 나는 것인지 가끔 부럽기도 하고 위화감도 느꼈습니다. 이제 제 나이 스무 번이 세 번 지났는데 아직 가을 단풍을 마음껏 즐겨본 적이 없습니다. 사돈 남 말할 때가 아니군요. 이제라도 꼭 자연과 벗하겠다고 골백번 다짐해 봅니다만, 잘 될지 모르겠어요. 올해는 꼭 소원성취하고 싶네요. 대한민국의 단풍들아, 기다려라, 내가 간다!

서양 격언에 '카르페 디엠'carpe diem, 현재를 즐기라는 말이 있습니다. 부활절의 벚꽃에 비유하였지만 사실은 인생의 스무 살만큼 순수하고 예쁜 시절은 없지요. 문제는 스무 살 그들이 자신이 얼마나 아름다운 시절을 보내고 있는지, 그들은 젊음 그 자체만으로 꽃은 저리 가라 할 정도로 어여쁜지, 모른다는 것이지요. 느낄 새도 없는지 모릅니다. 사실 꽃 중에 꽃은 인간이 맞습니다. 이 시에서 시인이 의도는, 벚꽃을 소재로 하여 정작 인생 칠십은 그리 긴 시간이 아니고 스물은 꽃 중의 꽃이니 늦기 전에 삶을 최대한 즐기라고 말하는 것 아닐까요.

이제 스물이 지나버린 우리는 어쩝니까? 하하, 비단 스물이 아니라도, 바로 지금이 우리에게 남아 있는 인생에서 가장 젊은 시절입니다. 서글프지만 지나간 세월을 되돌이킬 수 없다는 것은 인정해야 하지요. 우리에게도 청춘이 있었고 찬찬히 되돌아보면 힘들고 슬픈 일도 있었지만 신나고 행복한 일도 있었습니다. 사랑도 왔다 갔고 잡았다가 놓쳤습니다. 지금 우리가 무엇이 되어 살아가든, 남은 인생 봄이면 벚꽃을 즐기기를, 그리고 저처럼 단풍에 원이 진 사람은 단풍놀이를 가기를 소원해 봅니다. 더 늦기 전에 못다 한 일도 해보고 오래 간직한 버킷 리스트도 실행해볼 일입니다.

4

새 아침

존 던 (1572~1631)

참으로 궁금하다오, 그대와 내가 이제서야 만나 사랑하다니
그동안 무엇을 했던 걸까요? 젖도 못 뗐던 것 아닐까요?
유치하게 저급한 쾌락이나 빨며 다녔던가요?
아니면 동굴 속에서 코를 골며 깊은 잠에 빠져 있었던가요?
그랬겠지요. 그대와의 사랑을 제외한 모든 쾌락은 그저
　환상일 뿐이니까요.
한때 미인을 보고 욕망하고 취한 적이 있다면
그것은 다 그대에 대한 몽상이었을 뿐입니다.

이제 깨어나는 우리의 영혼에 굿모닝,
서로를 두려운 마음으로 바라보지 않아요.
사랑은 한눈팔지 않게 절제하며
작은 방 하나를 온 우주로 만드는 법이니까요.
바다로 나간 탐험가들은 신세계를 찾아가라 하세요.
지도를 든 이들은 이 세상 저 세상 보고 오라 하세요.

우리는 하나의 세상만 받듭시다. 각자가 하나의 세상이며
    우리 둘이 함께 하나인 세상.

그대의 눈에 내 얼굴이, 내 눈에 그대 얼굴이 있어요,
진실하고 순수한 두 개의 심장이 그 얼굴에 각각 머뭅니다.
어디서 이보다 더 나은 두 개의 반구를 발견하겠어요,
살이 에이게 추운 북녘도 모든 것을 시들게 하는 서녘도 없는?
죽어가는 모든 것은 동등하게 결합되어 있지 않지요.
그러나 우리 두 사랑이 하나 되어, 그대와 내가 서로
동등하게 사랑하고 누구도 느슨해지지 않는다면
    우리는 아무도 죽지 않을 거예요.

The Good-Morrow

John Donne

I wonder, by my troth, what thou and I
Did, till we loved? were we not weaned till then?

But sucked on country pleasures, childishly?

Or snorted we in the Seven Sleepers' den?

'Twas so; but this, all pleasures fancies be.

If ever any beauty I did see,

Which I desired, and got, 'twas but a dream of thee.

And now good-morrow to our waking souls,

Which watch not one another out of fear;

For love, all love of other sights controls,

And makes one little room an everywhere.

Let sea-discoverers to new worlds have gone,

Let maps to others, worlds on worlds have shown,

Let us possess one world, each hath one, and is one.

My face in thine eye, thine in mine appears,

And true plain hearts do in the faces rest;

Where can we find two better hemispheres,

Without sharp North, without declining West?

Whatever dies, was not mixed equally;

If our two loves be one, or, thou and I
Love so alike that none do slacken, none can die.

진정한 사랑에 눈뜨는 연인을 긴 밤을 지나고 새 아침을 맞는 것에 비유하였습니다. 또한 젖먹이가 젖을 떼는 것에 견주었으니, 새로이 태어남, 새 세상을 맞음에 다름없다고 하지요. 그대를 만나기 전까지 도대체 어디서 뭐하고 다녔는지, 이전의 사랑은 모두 그대와의 사랑의 그림자요 예행연습이었다고 하니 이보다 더한 사랑의 찬가를 보기 힘들겠습니다.

이 시에서 눈여겨볼 부분은 2연의 마지막 행입니다. 우리는 하나의 세상만 받들자는 말인데, 각자가 하나의 세상을 가지며 함께 하나의 세상이라는 말이 언뜻 알쏭달쏭합니다. 그러나 자세히 들여다보면, 시인의 다른 시들과 같이 사랑의 비유에 있어서 시대에 앞선 진보적 인식이 빛나는 부분입니다. 즉,

서로가 각자의 세상을 가진다 하니 남녀 간의 관계가 소유나 종속이 아니요, 상호 존중하는 독립적인 존재이며 함께 하나의 세상이라고 하니 이 두 세계가 합일하여 불멸인 하나인 세계로 수렴한다는 사랑의 이상적인 지향입니다. 이렇게 이 시가 여기서 기초하는 대전제는 '평등'입니다.

특히 마지막 연의 다섯 번째 행, "Whatever dies, was not mixed equally;"의 번역에서 많이 고민했습니다. 여기서 'equally'는 '균일하게' 또는 '균질하게' 라고 번역해야 더 어울리겠지요. 왜냐하면, 예부터 서양에서는 원소설이 있었어요.

대표적인 것이 흙, 물, 불, 공기의 4원소설인데 인간에게 이것이 균등하게 섞이지 않고 어느 한 요소가 두드러짐에 따라 사람의 체질과 성격을 나누었습니다. 그러므로 모든 요소가 균질한 것은 인간세계에는 존재하지 않는다는 전제가 깔린 것이죠. 그래서 이 행에서 시인은 '죽어가는 것은 무엇이나 균등하게 섞이지 않았다'고 하는 것입니다.

물론 저는 "죽어가는 모든 것은 동등하게 결합되어 있지 않지요"라고 번역하였고요. 제가 굳이 '동등하게'라고 번역한 것은 마지막 행에 나오는 'alike'를 '똑같이'보다는 '동등하게'라고 번역하고 싶었기 때문입니다. 사실 '균등하게'나 '균질하게'라는 의미를 강조하고 싶으면 시인이 'equally' 대신 더 흔히 사용되는 'evenly'를 사용하였을 거라고 추측한 것이지요. 특히 앞서 평등주의를 떠올리는 시구("각자가 하나의 세상이며 우리 둘이 함께 하나인 세상")가 왔었기에 그 컨텍스트에 주목한 것입니다. 게다가 한 걸음 더 나아가서 시인은 1+1=2가 아니라 1+1=all (완전체)이라는 도식을 제시하고 있잖아요. 두 개의 반구가 만나서 완전한 하나의 지구, 우주를 이루는 경지니까요. 그리고 그 전제조건은 동등해야 한다고 말했습니다.

오늘날의 그 누구라도 감탄할, 사랑에 대한 참으로 원대한 포부입니다. 번역도 또 다른 하나의 창조라서 원문이 같다고 모든 번역이 동일하지는 않은 경우가 많아요. 저는 우선 전후 맥락을 살피고 작가의 의도가 무엇일까 궁금해하면서 단어를 선택해 갑니다. 마치 인생에서 중요한 선택을 하듯이 말이에요.

이처럼 동등하며 독립적인 동시에 분리되지 않는 사랑은 시대를 넘어 영원한 사랑의 모델이지요. 이 시가 단순히 애인을 꼬드겨 욕망을 채우고자 하는 통속적인 연애시를 초월하는 이유입니다. 400년도 더 지난 지금 우리는 이러한 연애를 하고 있는 걸까요? 우리가 그때보다 더 많은 정보와 과학의 진보를 자랑해도, 사랑의 기술은 여전히 마스터하기 어려운 것입니다. 서로가 독립적이되 함께 하나의 세계를 만드는, 한눈팔지 않는 사랑을 하시기를, 그리고 사랑에 대한 원대한 꿈을 이루시기를.

5

첫사랑

존 클레어 (1793~1864)

이전에 나는 결코 빠진 적이 없었네

  이토록 갑자기 이토록 달콤한 사랑에.

어여쁜 꽃처럼 그녀의 얼굴이 활짝 피어나서

  내 마음을 완전히 훔쳐 가버렸다네.

나의 얼굴이 죽음같이 창백해졌고,

  다리는 걷기를 거부하였다네.

그녀가 나를 보았을 때, 얼마나 고통스러웠던가?

  나의 삶 모두가 진흙으로 변하는 느낌이었네.

그리고 피가 머리로 솟구쳐서

  단숨에 나의 시력을 앗아갔으니

주변의 나무도 덤불숲도

  대낮인데 한밤중이 되어버린 것 같이

나는 아무것도 볼 수 없었네.

  눈빛으로만 말할 수 있었으니,

나의 두 눈은 현악기에서 흘러나오는 화음처럼 울렸고,

　나의 심장은 갈망하는 피로 타들어 갔다네.

꽃을 선택하는 것은 겨울이던가?

　그래서 사랑의 침상은 언제나 눈이어야 하는가?

그녀는 나의 소리 없는 음성을 들은 듯하였네,

　하지만 사랑의 호소를 알지는 못하였네.

이전에 나는 이렇게 아름다운 얼굴이

　내 앞에 서 있었던 것을 본 적이 없었다네.

나의 심장이 내게서 아주 떠나버렸으니

　이제 다시는 돌아올 수 없으리.

First Love

John Clare

I ne'er was struck before that hour

　With love so sudden and so sweet,

Her face it bloomed like a sweet flower

And stole my heart away complete.

My face turned pale as deadly pale.

My legs refused to walk away,

And when she looked, what could I ail?

My life and all seemed turned to clay.

And then my blood rushed to my face

And took my eyesight quite away,

The trees and bushes round the place

Seemed midnight at noonday,

I could not see a single thing,

Words from my eyes did start —

They spoke as chords do from the string,

And blood burnt round my heart.

Are flowers the winter's choice?

Is love's bed always snow?

She seemed to hear my silent voice,

Not love's appeals to know.

I never saw so sweet a face

As that I stood before.

My heart has left its dwelling-place

And can return no more.

겪어본 적이 있다면 누구나 공감할 첫사랑에 대한 강렬한 기억입니다.

저 또한 사춘기가 되면서 셰익스피어의 비극《로미오와 줄리엣》을 읽었습니다. 그리고 아주 오랫동안 '과연 내가 이 두 연인처럼 첫눈에 반해 온 존재를 뒤흔들 만한 사랑에 빠질 수 있을까, 그런 사랑을 할 수 있는 순수함을 가졌는가' 반문했습니다. 친구들이 열광하는 연예인이나 학교 선생님이나 또래의 이성에 대해 무덤덤했기에 이런 회의가 많이 들었지요.

하지만 어느 날 단순한 기우였음을 깨닫게 한 첫사랑의 순간이 마침내 찾아왔습니다. 이 시에서 그리는 것과 완전히 동일한 경험을 하게 되었지요. 다행히 그 첫사랑과 이루어져 자식을 낳고 네 번의 강산이 변할 때까지 함께해 보니 깨달음에 이르렀습니다. 사랑은 본능적인 것이든, 이성 간의 것이든, 아니면 인간 보편 또는 생명 일반에 대한 것이든, 그 자체로 위대한 에너지라는 깨달음입니다. 그리고 사랑의 본질은 믿음이라는 것이지요.

무엇을 하든, 무슨 일을 당하든, 묻지도 따지지도 않고 함께 있어주면서 함께 가는 것입니다. 그래서 사랑은 논리적인 언어로 설명할 수 없고, 사랑은 그 자체로 위대한 에너지입니다. 계기가 주어지면 사랑은 사람의 전 존재를 뒤흔드는 폭발력을 발휘합니다. 종종 우리는 가족과 친지를 위해서뿐만 아니라, 위험에 처한 낯선 사람을 구하기 위해서 기꺼이 자기희생을 선택하는 이들을 목도합니다. 갈수록 세상이 이기적이고 각박해 보여도, 본능 속에 선함을 감추고 있는 이런 사랑은 불쑥불쑥 우리 눈앞에 나타나 사랑의 의미를 일깨우며 옷깃을 여미게 합니다.

6

그녀가 우아한 자태로 걷고 있다네

조지 고든 바이런 경 (1788~1824)

그녀가 우아한 자태로 걷고 있다네
　　구름 한 점 없이 별빛이 초롱초롱한 밤처럼,
어둠과 빛이 베풀 수 있는 최상이
　　그녀의 모습과 그녀의 눈에서 만나네.
이처럼 번쩍거리는 낮에는 하늘이 허용하지 않는
　　은은한 빛으로 무르익는다네

그늘이 조금만 더했어도, 빛이 조금만 덜했어도
　　칠흑 같은 머릿결마다 물결치는,
혹은 그녀의 얼굴 위에 부드럽게 비추는,
　　이 이름 모를 우아함을 반감시켰으련만.
그 얼굴에 기거하는 생각은 차분하고 감미롭게
　　자신의 거처가 얼마나 순수하고 고결한지를 표현한다네.

또한 부드럽고 고요하면서도 생생한 표현을 담은

그녀의 뺨 위에 그리고 그 눈썹 위로

마음을 사로잡는 미소와 곱게 빛나는 안색은,

　　다만 말해주고 있네, 선하게 살아온 나날과

모든 세상사와 평화를 이룬 마음과,

　　지고지순한 사랑을 품어온 심장을.

She Walks in Beauty

George Gordon, Lord Byron

1

She walks in beauty, like the night

　　Of cloudless climes and starry skies;

And all that's best of dark and bright

　　Meet in her aspect and her eyes:

Thus mellowed to that tender light

　　Which heaven to gaudy day denies.

2

One shade the more, one ray the less,

    Had half impaired the nameless grace

Which waves in every raven tress,

    Or softly lightens o'er her face;

Where thoughts serenely sweet express

    How pure, how dear their dwelling place.

3

And on that cheek, and o'er that brow,

    So soft, so calm, yet eloquent,

The smiles that win, the tints that glow,

    But tell of days in goodness spent,

A mind at peace with all below,

    A heart whose love is innocent!

자유를 위한 전쟁이라면 내 나라 네 나라 가리지 말고 나서야 한다고 주장했던 바이런입니다. 자신의 말을 좇아 남의 나라 그리스 독립전쟁에 가서 대의를 위해 싸우려다 전장에서 요절하였지요. 그런 그가 이처럼 성숙한 연애시를 쓰다니 감탄하게 됩니다. 한 여인의 내적·외적 아름다움을 어쩜 이토록 우아하게 표현할 수 있는가요.

아름다움은 번쩍거리는 화려함이나 요란스러운 현란함이 아니라 서서히 익어가는 부드러움과 차분한 고요 속에서 은은히 스며 나오는 것이라고 합니다. 한 줄기의 빛이 덜하거나 한 점의 그늘도 넘치지 않는 완벽한 조화의 단계, 동양적 표현으로는 '중용'인 이 단계가 가장 우아한 미의 결정체라는 인식은 사실 철학적인 메시지를 담고 있습니다.

바이런의 이러한 사고는 당시로서는 자못 혁명적인 생각입니다. 서구는 오랫동안 이분법적 사고방식에 빠져 있었거든요. 선-악, 흑-백, 미-추, 음-양 등으로 나누고 한 축을 절대선, 다른 한 축을 절대악으로 차별해 왔습니다. 이를 깨려는 움직임이 낭만주의 때부터 태동하여 20세기에 들어와 본격적으로 전개되었습니다. 결국 모든 것은 정반대의 상극 요소로 구성되어 있고 이의 합일이 중요하다는 인식에 도달하게 되었습니다. 이러한 사상에 기반하여 그동안 억눌려왔던 모든 존재에 대한 해방운동이 비롯되었으니, 오늘날 우리가 민주주의 사회를 향유하는 것이지요.

영시에서는 흔히 아름다움을 의미하는 'beauty'를 대문자 'Beauty'로 표기하여 진선미를 포괄하는 '최고선'을 의미합니다. 이 시에서 바이런이 구현하고자 한 이상은 이처럼 진선미, 그리고 모든 상반된 가치가 구분되지 않고 조화롭게 녹아 있는 상태를 말합니다. 그래서 이 시는 처음에 단순히 한 여인으로서 그녀의 아름다움*을 말하는 듯하지만, 행이 거듭될수록 차츰차츰 대상을 넓혀 진리의 영역인 사색과 세상사와 평화를 이룬 선의 영역을 포괄하며 추상적인 '최고선'의 경지로 나아갑니다.

이제 다시 제목인 첫 행으로 되돌아가 보면, 여기서 그녀는 단순히 한 여인에 머무르지 않고 대상을 초월하는 철학적 '이상'을 의미하게 됩니다. 다시 말해 '그녀가 우아한 자태로 걷고 있다'의 의미는 최고선의 경지에서 세상살이를 수용하는 이상적 삶을 의미하는 것이지요. 동서를 막론하고 우리는 이 세상에서 살아가는 것을 길을 걷는 일에 비유하니까요. 우리도 바이런의 아름다운 이 시행에 표현된 최고선의 경지를 구가하는 삶을 살았으면 하는 바람입니다.

7

내 여인의 눈동자는 태양과 전혀 닮은 구석이 없다오

윌리엄 셰익스피어 (1564~1616)

내 여인의 눈동자는 태양과 전혀 닮은 구석이 없다오.

그녀의 입술보다는 산호가 훨씬 더 붉다고 해야겠군요.

희디흰 눈에 비하면 그녀의 젖가슴은 어찌 저리

　거무죽죽한지요.[1]

머리카락을 철삿줄이라 한다면 시커먼 철삿줄이 그녀의

　머리에서 자라고 있다오.

붉고 흰 장미꽃이 예쁘게 어울려 피어 있는 것을 보았지만

그녀의 뺨에서 그런 장미를 보지는 못하였소.

어떤 향수라도 더 기분 좋은 냄새를 풍길 거요,

내 애인이 숨쉴 때 내뿜는 입김보다는.

나는 그녀가 말하는 소리도 즐겨 듣지만 잘 알지요,

음악이 훨씬 더 유쾌한 소리를 낸다는 사실을요.

내 여신이 걷는 것을 본 적이 없다고 인정하겠소만,

내 애인은 걸을 때 땅을 꾹꾹 밟으며 걷는다오.

하지만 말이오, 내 하늘에 맹세코 내 사랑이 아주

드물고 특별하다는 것은 알아요.

터무니없는 비교로 지나치게 칭송받는 그 어떤

여자보다도 말이오.

Sonnet 130 : My mistress' eyes are nothing like the sun

William Shakespeare

My mistress' eyes are nothing like the sun;

Coral is far more red than her lips' red;

If snow be white, why then her breasts are dun;

If hairs be wires, black wires grow on her head.

I have seen roses damasked, red and white,

But no such roses see I in her cheeks;

And in some perfumes is there more delight

Than in the breath that from my mistress reeks.

I love to hear her speak, yet well I know

That music hath a far more pleasing sound;

I grant I never saw a goddess go;

My mistress, when she walks, treads on the ground.

     And yet, by heaven, I think my love as rare

     As any she belied with false compare.

이 시는 '연애시'에 기대하는 모든 환상을 깨뜨립니다. 적어도 14행 형식을 갖는 소네트의 종반부인 12행에 이를 때까지는 그렇습니다. '솔직함'을 앞세워 젖가슴과 입냄새를 언급한 부분에 이르면, '아니, 어쩌려고 이러나' 하는 근심이 들기까지 합니다.

   그러나 시인은 9회말 투아웃에 멋진 끝내기 홈런을 날려 단

번에 판세를 역전시키지요. 그 마무리가 얼마나 신속하고 유쾌한지, 열등한 외모에 대한 앞선 언급은 모두 어디 갔는지 기억에 없네요. 가장 드물고 귀한 사랑이라는 사실 말고는 말이지요.

이 시에서 가장 어려운 부분은 마지막 행입니다. 원어민조차도 이 부분은 전문가가 해석을 해주어야 알 정도이니까요. 셰익스피어와 우리 사이에 무려 5세기가 가로지르고 있다는 사실만 기억하면 좀 위로가 될지도 모릅니다. 우리도 학창 시절 훈민정음을 외울 때 무척 고생했듯이 영어에도 고어가 있고 고문법이 있는 거니까요. 어쨌거나 이 마지막 행에서 제일 어려운 단어 'belied'를 현대영어로 풀어서 쓰면, 'mispresented'로 대치할 수 있습니다. 그리고 여기서 'false compare'는 과장되게 비교하며 칭송하는 것입니다.

예컨대, 이 시와 달리 "내 여인의 눈동자는 태양과 같고, 그녀의 입술은 산호보다 붉고, 그녀의 젖가슴은 흰 눈보다 더 희다오" 식으로 터무니없이 과장되게 칭송하는 것이지요. 여기서 "any she"의 "she"는 "woman"으로 대치할 수 있겠지요. 하여 정리하면 이처럼 '과장된 비교로 잘못 칭송되는 그 어떤 여자보다 내 연인이 더 특별하다'는 뜻이 됩니다.

이 시는 당대는 물론 지금조차도 참 혁명적인 시라고 할 수밖에 없습니다. 엘리자베스조의 사랑시가 따르는 관례를 과감히 던지고, 진솔한 표현으로 파격을 꾀한 것만도 놀라운데, 진솔함이 지나쳐서 사랑하는 연인을 묘사하며 미사여구는커녕 읽는 우리가 불안할 정도로 과감하게 단점을 드러내고 있습니다. 게다가 묘사된 여성을 곰곰 생각해보면 피부색이 검은 여인입니다. 아마도 아프리카 북부 출신의 무어인이었 가능성이 크지요.

셰익스피어의 4대 비극 중 하나인 《오셀로》(1603)의 주인공인 오셀로도 무어인이요, 흑인입니다. 셰익스피어가 인종차별주의적 관점에서 오셀로를 극의 주인공으로 내세우고 비극으로 치닫게 했는지는 분명하지 않습니다. 영국인들이 검은 피부의 이방인들을 접한 시기는 16세기 중엽이고 이는 무어인을 용병으로 받아들였던 시기입니다. 그리고 아프리카에서 노예가 유입되기 시작한 것은 신무역항로의 개척과 더불어 시작되었는데 16세기 후반 경입니다. 이 시가 쓰인 시기는 대략 1590년대, 출판은 1609년이 지나서로 추정된다는 점에서 《오셀로》보다는 이전에 쓰였고 이후에 출판되었습니다.

요약하면 엘리자베스 시대에 흑인에 대한 차별의식이 있었을 것이라는 추측과는 별개로, 셰익스피어는 적어도 이 시에서만큼은 흑인에 대한 인종차별적 관점을 전혀 드러내지 않습니다. 이 점에서 이 시는 매우 혁명적이라고 부를 수 있을 것 같습니다. 그러나 시 외적인 요소보다는 이 시 자체에만 집중하는 것이 시인을 판단하는 객관적이고 정당한 태도일 것 같습니다.

16세기 말에 쓰인 시에서 대단한 역설과 반전을 경험하며 다시금 셰익스피어의 위대함을 생각해봅니다. 그리고 오늘날처럼 성형과 과도한 화장으로 눈을 미혹하는 외모지상주의 시대, '진정한 사랑'은 무엇인지 곰곰이 생각해보게 됩니다.

---

1) 이 시행으로부터 '그녀'는 흑인일 것이라는 추정이 가능하다. 21세기에 와서도 '차별'의 문턱을 넘지 못하는 우리에게 500년 전, 흑인 애인에게 바치는 연가는 신선함을 넘어 경이롭기도 하다. 셰익스피어는 그의 4대 비극 중 하나인 《오셀로》(*The Tragedy of Othello, the Moor of Venice*)에서 주인공 오셀로를 무어인(북아프리카 출신의 흑인)으로 설정하고 백인인 데스데모나와의 결혼 배우자로 등장시킨 바 있다. 위대한 문호의 '위대성'은 그냥 오는 게 아니다.

8

독나무

윌리엄 블레이크 (1757~1827)

나는 내 친구에게 화가 났었소.

그래서 내 분노에게 화났다고 말했더니 분노가 가라앉았소.

나는 내 적에게도 화가 났다오.

그런데 내 분노에게 말하지 않았더니 분노가 자라났다오.

나는 내 분노에 물을 주었소 두려운 마음으로,

내가 흘린 눈물로 주었소 밤낮으로,

볕도 쬐어 주었다오 나의 미소로,

부드럽게 쬐어 주었다오 가식적인 잔꾀로.

그랬더니 내 분노의 나무가 낮밤없이 자라났다오.

마침내 빛나는 사과 열매 하나가 매달렸다오.

내 적이 탐스럽게 빛나는 사과를 보았소,

그리고 그 사과가 내 것인 줄 알게 되었다오.

내 정원으로 그가 은밀히 기어들어 왔소,

밤의 장막이 나무를 가려주는 틈을 타서 말이오.

나는 아침이 되어 기쁘게 보고 있다오,

나무 아래 뻗어서 죽어 있는 내 적을 말이오.

A Poison Tree

William Blake

I was angry with my friend:

I told my wrath, my wrath did end.

I was angry with my foe:

I told it not, my wrath did grow.

And I waterd it in fears,

Night & morning with my tears:

And I sunned it with smiles,

And with soft deceitful wiles.

And it grew both day and night.

Till it bore an apple bright,

And my foe beheld it shine,

And he knew that it was mine,

And into my garden stole,

When the night had veild the pole:

In the morning glad I see

My foe outstretched beneath the tree.

어떻게 이리 짧은 시행에 이처럼 통쾌한 한 편의 복수극을 담아낼 수 있을까 그 상상력에 감탄하게 되는 시입니다. 그러나 무엇보다 놀라운 것은 인간의 마음에 대한 통찰력이지요.

살다 보면 이래저래 화날 일이 많습니다. "나 화났어"라고 말하고 풀 수 있는 관계에서는 화해가 어렵지 않겠지요. 그러나 내색도 못 하고 마음속에 응어리진 분노는 시간이 갈수록 돌이킬 수 없는 파국으로 치닫기도 합니다.

우리는 모두 가슴 한구석에 크든 작든 분노를 돌덩이처럼 안고 살아갑니다. 사랑하는 사람에게 화가 났다면 지체 없이 털어놓고 돌을 내려놓으세요. 문제는 대화로도 풀 수 없는 분노가 현실에는 더 많다는 것입니다. 꼭 원수가 아니라도, 학교나 직장에서 억울하게 당할 수 있지요. 그러나 치미는 화를 눌러야 하는 경우가 다반사입니다. 보이지 않는 곳에서는 울분의 눈물을, 보이는 곳에서는 아무렇지도 않은 척 거짓 미소를 지어야 합니다. 당하는 사람은 대개 '을'이기 때문입니다.

이 시를 읽고 통쾌한 '분풀이'를 상상으로라도 경험해 보세요. 그리고 가슴의 무거운 돌을 내려놓고 자신의 길을 가세요. 가장 큰 복수는 용서라고 하잖아요… 라고 말하면, 너무 성자처럼 들리겠지요? 사실 가장 큰 복수는 원수를 잊고 내가 아주 잘 살아가는 것입니다. 쉽지 않은 일이지만 엄청난 시련을 겪고 제가 터득한 진리이니 믿어봐 주세요. 원한으로 자신의 삶을 피폐하게 하면 절대 안 됩니다.

그래도 절대 잊을 수 없다면, 꼭 복수해야겠으면 우선 이 시를 읽고 위로를 받으세요. 그리고 차라리 가슴의 돌을 더 깊이 가라앉혀 두세요. 아무도 보지 않을 때 그 돌을 다듬어서 진정한 복수의 칼을 벼려두세요. 때가 되면 조용히 꺼내 들고 단숨에 끝내버려야 하니까요.

빌어먹을 사내놈들이란

웬디 코프 (1945~)

빌어먹을 사내놈들이란 꼭 빌어먹을 버스 같아.
너를 1년이나 기다리게 해놓고는
겨우 한 대가 정류장으로 다가오자마자
두 대 아니 세 대가 꼬리를 물고 뒤따라오네.

쳐다보니 모두 방향지시등을 깜빡이며
널 태워주겠다고 신호를 보내는군.
너는 버스에 적힌 노선을 읽으려고 하지만,
결정할 시간이 부족해.

까딱 실수하면 되돌아오는 건 불가능하지.
잘못 타서 뛰어내리면 그 자리에 서서 지켜봐야 해.
자동차, 택시, 화물트럭이 지나가는 동안
몇 분이고 몇 시간이고 며칠이고 지켜봐야 하지.

Bloody Men

Wendy Cope

Bloody men are like bloody buses—

You wait for about a year

And as soon as one approaches your stop

Two or three others appear.

You look at them flashing their indicators,

Offering you a ride.

You're trying to read the destination,

You haven't much time to decide.

If you make a mistake, there is no turning back.

Jump off, and you'll stand there and gaze

While the cars and the taxis and lorries go by

And the minutes, the hours, the days.

쉽게 읽히면서 신랄함과 위트가 두드러지는 시입니다. 어쩜 이렇게 우리네 인생과 똑같은지 무릎을 탁 치게 되지요. 이 시에서 '사내놈들'의 자리에 대신 '기회'를 대입해도 별 손색이 없습니다. 사랑도 기회도 목을 빼고 기다렸을 땐 안 오고, 오면 늘 몰아서 오기 마련이지요. 그래서 우리에겐 언제나 선택할 시간이 부족합니다. 설사 선택했어도 100%의 확신은 없습니다. 나름 최선이라고 판단해도 '실수'였음이 확인되는 순간, 되돌아가는 것은 불가능하지요. 그 많던 기회는 지나가 버렸고 시간도 지나가 버렸습니다. 잘못을 깨닫는 순간 하차해야겠지만, 새로운 기회를 기다려야 합니다. 언제 올지, 어쩌면 영영 안 올지 모르는 기회를 하염없이 기다려야 합니다.

진실한 사랑에 양다리가 없듯이 인생도 그렇습니다. 실패하면 우리는 그 길 위에 다시 서서 처음같이 기다려야 합니다. 한 치 앞에 무엇이 있는지 알지 못한 채, 그리고 다음 선택이 '최선'인지도 확신하지 못한 채 기다려야 하는 것이 우리네 운명이지요.

웬디 코프는 영국의 시인입니다. 저는 영국에서 오래 공부했습니다. 영국의 교통체계는 우리나라와 비교가 되지 않아요. 제가 있던 도시에는 학교로 가는 버스가 30분에 한 대 배차되어 있지만, 어떤 때는 그냥 건너뛰고 가버려서 한 시간도 기다려보고 두 시간도 기다려보았습니다. 영국에서 기차는 두어 시간 연착이 다반사고요. 그런데 놀라운 것은 다반사여서 그런가 별로 불평하는 사람을 못 봤다는 것이지요. 저는 런던에서 요크로 들어오는 데 4시간을 연착하면서 아기 분유가 떨어져서 무척이나 당황했던 기억이 있습니다. 이렇게 정시에 배차되어 균일한 간격으로 도착하여야 할 차량이 들쭉날쭉하는 것이나 연애할 때 가물에 콩 나듯 하는 남자가 갑자기 한 번에 몰리면서 그르치는 일이나 다 그게 그거라는 생각은 참 기발하고도 유쾌한 발상입니다.

늦은 시간 추운 거리에서 한 번쯤 버스를 기다려본 이라면, 삶과 사랑의 본질에 대한 시인의 비유에 무릎을 탁 칠 수밖에 없을 겁니다. 얼핏 사소해 보이는 일상을 재료로 삶의 속성에 대한 속 깊은 이야기로 끌고 간 시입니다. 그래서 그 신랄함에도 불구하고 묻어나는 훈훈한 위로가 있습니다. '아, 나만 그런 것이 아니구나.'

내가 도둑에게 부탁했다오

윌리엄 블레이크 (1757~1827)

내가 도둑에게 부탁했다오, 복숭아 하나만 훔쳐달라고.
그랬더니 그자가 눈을 까뒤집더군요.
내가 상냥한 숙녀에게 부탁했지요, 자자고.
에구머니나 별꼴이야 소리치더군요.

내가 떠나자마자
천사가 왔다오.
그가 도둑에게 윙크를 보내고
처녀에게는 미소를 지었다오.

말 한마디 하지 않았는데
나무에서 따온 복숭아를 얻었고
더군다나 숫처녀인
그 숙녀와 재미를 보았다오.

I Asked a Thief

William Blake

I asked a thief to steal me a peach,
He turned up his eyes;
I ask'd a lithe lady to lie her down,
Holy and meek she cries.

As soon as I went
An angel came.
He wink'd at the thief
And smild at the dame —

And without one word said
Had a peach from the tree
And still as a maid
Enjoy'd the lady.

대놓고 웃기기로 작정한 시 같습니다. 그래도 그냥 웃고 말 시는 아닌 것이 오늘날 우리의 세태를 관통하는 보편적 진실을 담고 있기 때문입니다. 흔히 하는 말 중에 "예쁘면 다 용서된다"는 말이 있습니다. 여기서 '천사'는 오늘날 외모가 뛰어난 이와 비견될 수 있는 존재 같습니다. 그런데 아무 노력도 하지 않고 과실을 얻어먹는다는 점에서 화자와 도긴개긴이거나 더 나쁩니다. '천사'라는 호칭에 값하지 못하는 존재이지요. 화자는 뻔뻔스럽긴 해도 매번 부탁은 하였잖아요. '천사'는 부탁은커녕 그냥 윙크만 했을 뿐인데 알아서 갖다 바친 것입니다. '상냥한 숙녀'는 어떤가요? 천사의 미소에 고이 간직한 순결을 주었잖아요!

　상식적으로는 어림도 없는 것을 부탁도 안 했는데 얻고 누렸다? 뭔가 떠오르는 게 없나요? '천사'는 단순히 외모가 뛰어난 자가 아니라 사람들이 그 속내를 짐작하여 척척 조공을 바치는 대상입니다. 신분이 높은 자거나 비범한 능력을 가졌을 겁니다. 그렇게 생각하고 보니 화자의 억울함은 그저 평범한 우리 모두의 것이기도 합니다. 천사는 개뿔, 썩어 문드러진 세상, 반칙이 판치는 세상입니다.

　요즘의 위정자에게 특히 이 시가 필요한지도 모릅니다. 툭하면 'ㅇ비어천가'라는 말이 나돕니다. 누군가 권력의 핵에 섰다고 생각하면 양심도 공정도 다 팽개치고 그 사람에게 아양을 떠는 세태를 말하는 것이지요. 민주주의를 구축하는 중요한 요소는 국가, 국민, 헌법, 인권, 자유, 선거, 정당, 삼권분립 등입니다. 그런데 민주주의를 민주주의답게 하는 핵심요소로서 시민사회와 언론이 있습니다. 이 둘, 특히 언론이 권력자를 감시하는 본분을 소홀히 하고 권력에 아부하며 공정한 보도를 저버릴 때 민주주의는 무너지고 맙니다. 우리는 언론이 권력의 시녀로 전락한 사례를 여러 번 보아왔지요. 지금 우리의 언론은 청렴한가요? 그 본분을 다하고 있나요? 여기 거만하고 뻔뻔한 천사 같은 권력자에게 아무 말조차 하지 않아도 알아서 뭐든지 척척 갖다 바치고 있지는 않나요?

예쁘다는 말

스티비 스미스 (1902~1971)

어찌하여 예쁘다는 말이 이렇게 폄하되었을까요?

11월에 떨어지는 낙엽은 예쁘지요.

비온 후 숲속으로 흐르는 시냇물의 수심이 깊어지고

예쁜 웅덩이 속에 송어 한 마리 헤엄치네요

먹잇감을 쫓아다니는 그 모습도 참 예쁩니다.

물밑에서 쏜살같이 먹잇감이 달아나는군요.

하지만 곧 덩치 큰 송어가 잡았어요.

송어는 먹잇감을 놓치지 않는 물고기니까요.

이 모습 또한 예쁩니다.

....

Pretty

Stevie Smith

Why is the word pretty so underrated?

In November the leaf is pretty when it falls

The stream grows deep in the woods after rain

And in the pretty pool the pike stalks

He stalks his prey, and this is pretty too,

The prey escapes with an underwater flash

But not for long, the great fish has him now

The pike is a fish who always has his prey

And this is pretty.

......

좋은 말도 지나치게 자주 사용하면 그 본래의 의미가 퇴색됩니다. 한 단어가 너무 흔하게 사용되어 본래 취지를 잃고 진부해졌을 때 이를 클리셰^{cliché}라고 합니다. 이 시가 주목하는 단어 'pretty'^{예쁜, 예쁘다}가 전형적인 일례입니다.

"예쁘다"고 하면 누구나 듣기 좋아하는 것은 동서양 불문인 모양입니다. 그렇다 보니 사람들은 상대방의 기분을 좋게 하려고 이 단어를 자주 폭넓게 사용하게 되었습니다. 더 나아가 '예쁘다'는 의미를 벗어나서까지 사용했지요. 가령 'pretty good'이나 'pretty bad'처럼 본래 가졌던 의미나 가치판단이 사상된 채 'very'^{매우}의 대용어가 되었습니다. 아무리 좋은 의도라도 하나의 형용사를 자주 쓰다 보면, 그 형용사는 물론 형용사가 지칭하는 대상도 디테일을 잃습니다. 맛있는 빵은 '맛있다^{delicious, tasty}'라고 해야 하는데 '프리티'라고 하면 모양이 그런지 재료가 그런지 맛이 그런지 모호해지는 것과 마찬가지입니다.

이런 용례가 축적되면 언어의 맛깔나는 뉘앙스가 뭉툭해지고 다양한 빛깔을 잃습니다.

　시인은 'pretty'의 남용으로 진짜 '예쁜' 것들이 도매금으로 넘어가는 것이 아쉬웠나 봅니다. 시어를 다루는 언어의 마술사로서 시인다운 고민입니다. 그는 이 단어의 본래 용례를 되살리고자, 그림 같은 이미지를 통해 'pretty'라는 단어 본연의 의미를 일깨워 주고자 노력합니다. 11월에 떨어지는 낙엽, 비 개인 후 숲속으로 깊이 흐르는 맑은 시냇물, 물웅덩이 속의 송어 한 마리, 작은 물고기를 잡으려고 쫓아다니는 모습, 도망치는 작은 물고기와 결국 이 물고기를 잡는 송어, 이 모든 모습이 예쁘다고 합니다.

　시인이 예쁘다고 하는 대상을 곰곰 생각해 보면 대상이 모두 자연입니다. 자연스러운 것이 가장 예쁘다는 것입니다. 다른 이들은 몰라도 저는 인공으로 만든 그 어떤 미美도 자연미를 이길 수 없다고 생각해요. 이것조차 편견이라고 한다면 할 말이 없지만, 그 무엇이 자연의 아름다움을 추월할 수 있을지 궁금하군요. 그리고 그 자연에는 인간이 당연히 포함될 뿐 아니라 으뜸이지요.

12

꽃

웬디 코프 (1945~)

어떤 남자들은 아예 생각이란 걸 하지 않아.
그래도 당신은 생각은 했나 봐, 내게 다가와서
말하곤 했잖아. 꽃을 거의 사 올 뻔했는데
일이 꼬여버려 못 샀다고.

꽃집이 문을 닫았다거나 아니면 확신이 없었다고.
우리 마음은 말이야 끊임없이
이 생각 저 생각 만들어내지. 당신도 생각했을 거야
내가 꽃을 원하지 않을지도 모른다고.

그랬을 거라고 생각되면 미소가 지어져서 나는 당신을
    안아주었지.
이제 당신이 없으니 미소만 지을 수 있겠네.
하지만, 봐, 당신이 거의 사 올 뻔했던 그 꽃들,
아직도 여기 내내 피어 있잖아.

Flowers

Wendy Cope

Some men never think of it.

You did. You'd come along

And say you'd nearly brought me flowers

But something had gone wrong.

The shop was closed. Or you had doubts –

The sort that minds like ours

Dream up incessantly. You thought

I might not want your flowers.

It made me smile and hug you then.

Now I can only smile.

But, look, the flowers you nearly brought

Have lasted all this while.

헤어진 사람과의 에피소드인데 아쉬움보다 후련함을, 후련함
보다는 쓸쓸함을 남기는 시입니다. 변명이라도 할 때는 미소
를 지으며 안아주던 마음, 그가 끝끝내 변명으로 미루기만 하
고 사 오지 않았던 꽃이 지금도 여전히 활짝 피어 있는 것을 바
라보는 마음, 어떤 마음이 더 외로운 걸까요? 연인이 떠난 지
금, '아예 생각이란 걸 하지 않는' 남자들과 그나마 '생각은 있
어' 변명을 일삼은 '당신'을 비교하는 그녀. 그런 그녀를 보고
있는 우리의 마음도 쓸쓸해집니다.

　　그녀가 늘 이해해 주려고 했던 그의 '생각'은 실제 얼마나 무
책임하고 뻔뻔하며 형편없는 것인가요. 사랑한다며 겨우 이
정도여야 했나, 에이 잘 헤어졌다 싶다가도 왜 자꾸 서글픔이
남을까요. 아마도 아직도 활짝 피어 있는 꽃, 주인을 만나지 못
한 그 꽃 때문일 겁니다. 꽃이 상징하는 '사랑하는 마음,' 그것
은 아직도 사랑이 떠난 자리에 활짝 피어 있거든요. 사실 떠나
기 전에도 떠난 이후에도 꽃은 내내 그 자리에 활짝 피어 있었
습니다. 사랑하는 이의 진정한 마음으로 선택되기 위해서 준

비되어 있었어요. '꽃'은 그러므로 이 시에서 단순히 사고팔고 주고받는 대상이 아닙니다. '꽃'은 그녀의 마음이면서 진정한 사랑의 상징입니다. 진정성 없는 사람들은 그러한 '꽃'의 진가를 보지 못했지요. '아예 생각이란 걸 하지 않는' 이들은 무지했고 그나마 생각이란 걸 한 그이는 거짓말만 하다 가버렸습니다. 하지만 '꽃'은 내내 그 자리에 있었고 지금도 여전히 피어 있네요. 어쩌면 참사랑에 대한 희망의 복선이겠지요.

그런데 그 허허로운 감정에도 불구하고 그녀는 '꽃'을 포기하지 않았습니다. 미소 짓고 안아줄 수 있는 그가 떠나고 없어서 이제는 웃을 수만 있다고 하지요. 진정한 사랑을 알지 못한 이에 대해 말하면서 실패한 연애에 대해 말하면서 그녀는 미소 지을 수 있습니다. 이런 그녀의 여유는 아직 그녀의 마음에 '꽃'이 피어 있음을 의미합니다. 사실 그 어떤 꽃이 그리 오래 피어 있을 수 있겠어요? 마지막 행 내내 피어 있었다는 그 꽃은 바로 사랑을 믿는 그녀의 마음일 것입니다.

13

돈 주앙, 첫 번째 칸토 119번째 시

오 쾌락이여! 그대는 진정 나를
즐겁게 하는구려

조지 고든 바이런 경 (1788~1824)

오 쾌락이여! 그대는 진정 나를 즐겁게 하는구려,

　비록 그대 때문에 저주받을 것은 불문가지겠지만요.

매년 봄이 되면 나는 마음을 먹습니다,

　해가 가기 전에 새사람이 되겠다고요.

그런데 어쩐 일인지, 나의 맹세는 날개를 달고 날아가 버립니다.

　그래도 나는 여전히 믿지요, 1년 내내 맹세를 지킬 수 있다고요.

참 유감이고 많이 부끄럽지만, 진심으로 내년 겨울에는

　이 버릇을 꼭 고치리다.

Don Juan, Canto I. 119.

George Gordon, Lord Byron

Oh Pleasure! you're indeed a pleasant thing,

　　Although one must be damned for you, no doubt:

I make a resolution every spring

　　Of reformation, ere the year run out,

But somehow, this my vestal vow takes wing,

　　Yet still, I trust, it may be kept throughout:

I'm very sorry, very much ashamed,

And mean, next winter, to be quite reclaimed.

바이런의 걸작인 그 유명한 〈돈 주앙〉입니다.

　첫 번째 '칸토'의 119번째 시입니다. '칸토'는 이탈리아어로 노래, 멜로디, 선율, 합창곡의 가장 높은 음부를 의미하기도 합니다만, 요컨대 긴 시나 뮤지컬 등의 주요 부분을 의미합니다. 굳이 연을 의미하는 'stanza'를 사용하지 않고 칸토라 함은 장시의 주요 부분을 의미하기 위해서거나, 그 시가 가진 음악성을 환기하려는 의도가 있을 것입니다. 여기에 인용된 시가 포함된 칸토는 실제로 상당히 긴 장시, 〈돈 주앙〉에서 마치 서사시의 서문처럼 중요한 역할을 하고 있습니다.

바이런은 단시 〈그녀는 우아한 자태로 걷고 있다네〉에서 진선미를 포용하는 최고선을 꿈꾸었던 바 있습니다. 또 자유를 위한 투사가 되어 남의 나라 독립을 위한 전장에서 생을 마감한 진지하면서도 진심인 시인이자 인간이었지요. 그런데 이 시에서는 방탕한 화자 돈 주앙을 내세워 정반대의 모습을 보여줍니다. 이 시 때문에 여성 편력에 탐닉한 난봉꾼이라고 거센 비난을 받았습니다. 그러나 그것은 한편으로 바이런이 돈 주앙의 경험을 그만큼 리얼하게 그렸다는 뜻이기도 합니다. 그리고 다른 한편으로는 시인의 진짜 의도인 풍자를 대중이 제대로 이해하지 못했다는 뜻이기도 합니다.

이 시의 주제는 언뜻 보기에 쾌락에서 헤어 나오지 못하는 난봉꾼의 딜레마처럼 보입니다. 그런데 따지고 보면 우리 모두의 보편적인 딜레마에 관한 것입니다. 매년 새해를 맞이하여 계획을 세우고 각오와 다짐을 하지만 작심삼일이 되고 마는 경험이 여러분에겐 없었나요? 굳이 쾌락을 여성 편력에 국한하지 않는다면, 우리는 누구나 쾌락과 관련한 다짐과 맹세를 지키기가 어려운 것을 알고 있습니다. 해마다 계획을 세웠다 지키지 못하고 다시 세우는 일을 반복하지요. 시인이 말했듯이 "참 유감스럽고 많이 부끄럽지만" 쾌락을 쉽게 끊어내지 못하며 "새사람이 되겠다"는 신년의 맹세를 물거품으로 만들고 맙니다.

시인의 진짜 의도는 유머와 재치가 가득한 어조로 이러한 인간 보편의 속성을 풍자하는 것입니다. 시인의 그러한 의도를 파악하고 찬찬히 읽어보면 〈돈 주앙〉은 비판적인 풍자와 흥미진진한 디테일, 그리고 교훈을 잘 섞은 시입니다. 시대를 넘어 바이런의 대표작으로서 지금까지 뽑히고 있는 이유입니다.

14

진흙덩이와 조약돌

윌리엄 블레이크 (1757~1827)

"사랑은 자신의 쾌락을 구하지 않아.

결코 자신을 돌보지도 않아.

다만 타인에게 안위를 주고자 하며

지옥 같은 낙담 속에서도 천국을 짓는다네."

작은 진흙덩이가 이렇게 말했지.

소 떼의 발길에 짓밟히면서도 말이야.

그런데 시냇가의 조약돌 하나가

장단을 맞추며 속삭였어.

"사랑은 오로지 자신의 쾌락만 구하려 해.

타인을 자기의 쾌락에 묶어두고

그가 안위를 잃으면 신나 하지.

천국의 뜻을 거슬러 지옥을 짓는다네."

The Clod and the Pebble

William Blake

"Love seeketh not Itself to please,

Nor for itself hath any care;

But for another gives its ease,

And builds a Heaven in Hell's despair."

So sang a little Clod of Clay,

Trodden with the cattle's feet:

But a Pebble of the brook,

Warbled out these metres meet:

"Love seeketh only Self to please,

To bind another to its delight,

Joys in another's loss of ease,

And builds a Hell in Heaven's despite."

모든 세상사에는 양면성이 있다고 시인은 생각했습니다. 속세에 물들기 전 아이의 눈으로 바라본 세상을 노래한 시를 묶어《순수의 시》(Songs of Innocence)라고 칭하고, 세상사를 겪으며 경험이 쌓이고 천진무구함을 잃어가는 관점에서 쓴 시를 묶어《경험의 시》(Songs of Experience)라고 칭했습니다. 이들 두 시집이 서로 대척점에 선 듯 배타적이며 양립하기 어려운 관점을 담고 있다고 생각하기 쉽습니다. 그러나 실은 하나의 대상을 바라보는 서로 다른 두 가지 관점입니다. 삶은 본질적으로 양면성을 가질 수밖에 없고, 이 두 관점의 조화로움에 의해서만 우리는 이 세상과 삶에 대해 균형 잡힌 이해에 도달할 수 있습니다. 요약하면,《순수의 시》는 이상의 세계를,《경험의 시》는 현실 그대로의 세계를 그리고 있다고 생각할 수 있지요.

이 시는《경험의 시》에 수록되어 있는 시로서 '사랑'이 가진 양면성을 진흙덩이와 조약돌의 입을 빌려 제시합니다. 신께서 우리 인간을 진흙으로 빚었다고들 하니 '진흙덩이'의 주장은 이상주의적 관점인 '순수'의 세상을 대변하고 있습니다. 한편으로 오랜 세월 시냇물에 씻기며 산전수전 다 겪으며 반들반들해졌을 작은 조약돌은 세속에 때 묻은 '경험'의 세상을 대변하지요. 그런데 중간에 서서 제삼자가 되어 이 둘의 이야기를 듣는 우리는 어떤가요? 흙덩이의 말에도 끄덕끄덕, 조약돌의 말에도 끄덕끄덕 하고 있지 않나요? 세상에 이 두 종류의 사랑 이야기는 넘치고도 넘치니까요.

이 시를 통해 시인이 주장하는 것처럼 이 세상은 선과 악, 빛과 그림자의 양면성으로 지탱되고 있는지도 모르겠습니다. 최후의 보루라고 할 '사랑'마저도 예외가 아니라는 사실을 명심하고, 정신 바짝 차려야겠습니다. 하나의 관점에 치우치지 말고 상반된 관점을 수용하고 통합하는 지혜를 배워야겠습니다.

15

발렌타인

(발렌타인. 성 발렌타인 축제에 정한 연인)

웬디 코프 (1945~)

이제 내 마음 정했는데

어쩌지요. 당신으로 정했거든요.

당신이 기대했던 게 무엇이든

이제 내 마음을 정했어요.

당신이 올해는 안 된다고 하시면

나는 내년도 괜찮아요.

마음을 정해버렸는데

당신으로 정해버렸는데 어쩌겠어요.

Valentine

Wendy Cope

My heart has made its mind up

And I'm afraid it's you.

Whatever you've got lined up,

My heart has made its mind up

And if you can't be signed up

This year, next year will do.

My heart has made its mind up

And I'm afraid it's you.

어쩌면 삶의 진리는 '어긋남'인지도 모르겠습니다. 꽃을 사 오
겠다 거짓말만 하다 떠나간 사랑을 노래한 〈꽃〉에 이어 이 시
에서도 시인 웬디 코프는 어긋나는 마음을 다루고 있습니다.
역시 번뜩이는 재치와 유머로 빛나는 시입니다. 발렌타인데
이는 여자가 남자에게 사랑을 고백하는 날이지요. 그래서 '발
렌타인'은 발렌타인데이에 선택한 연인을 의미합니다. 그런

데 만일 선택당하는 이가 이 선택을 달가워하지 않으면 어찌
될까요? 당하는 쪽에서는 아마도 오그라들겠지요. 그런데 선
택된 상대가 오그라들 것을 알면서도 "어쩌나" "나는 그래도
계속할 거야" 라고 짓궂게 놀려대는 화자의 모습이 상상되어
웃음이 절로 납니다.

한편으로는 관심 없는 여인의 발렌타인이 되는 당사자의 고
충 또한 짐작할 만합니다. 그런 그를 발렌타인으로 정할 수밖
에 없다는, 올해 안 되면 내년에도 괜찮다고 '엉기는' 그녀의
익살이 마냥 밉지만은 않습니다. 그럴 리는 없겠지만, 극단으
로 치달으면 '스토킹'이 연상되는 파국을 예고할 수도 있지요.
하지만 이 시는 그 정도로 나가지는 않습니다. 위트와 재치가
조성하는 분위기는 위험한 선을 넘지 않는 딱 거기서 멈추어
있지요. 그래서 우리는 슬그머니 미소 지을 수 있습니다. 혹은
킥킥거릴 수도 있겠지요.

요즘 드라마의 주제가 대부분 삼각관계이듯 이상하게도
사랑은 뜻대로 되는 것이 아닙니다. 내가 좋아하는 그는 다
른 여자를 좋아하고 그 여자는 또 다른 남자를 좋아하는… 어
쩌면 '어긋남'이야말로 삶의 일상이고, 그래서 이 '어긋남'을
가볍게 유희하는 듯한 이 시가 재미를 주는 것인지도 모릅니

다. 따지고 보면 어긋남의 당사자로서 자기가 점찍은 이에게 거부당하는 화자의 입장에서 자신의 처지를 이처럼 초연하게 인정하고 유머로 승화하기란 쉬운 일이 아니지요. 말 그대로 화자인 그녀는 궂은 현실 앞에 쿨한 여인입니다.

16

나는 이들 숙녀들을 연모하지 않아요

토마스 캠피언(1567~1620)

나는 이들 숙녀님들을 연모하지 않아요,

그녀들에겐 구애하고 간절히 매달려야 하니까요

내게는 상냥한 아마릴리스를 보내주세요,

내숭 떨지 않는 순박한 처녀랍니다.

자연은 기교를 경멸하는데요,

그녀의 아름다움은 순수하게 그녀의 것이랍니다.

　　　우리가 서로 구애하며 입맞춤을 하면

　　　그녀가 소리치지요. "제발, 놔주세요!"라고요.

　　　하지만 우리가 아늑한 곳에 함께 있으면,

　　　그녀는 안 돼요 라고 절대 말하지 않을 겁니다.

아마릴리스를 사랑할 때면

그녀는 내게 과일과 꽃을 가져다주지요.

하지만 이들 숙녀들과 사랑하려면

우리는 황금을 소나기처럼 퍼부어야만 하겠지요.

그들에게 황금을 주세요, 그것은 사랑을 파는 것입니다.
내게는 개암나무 빛 갈색 피부의 아가씨를 보내주세요.

    우리가 서로 구애하며 입맞춤을 하면
    그녀가 소리치지요. "제발, 놔주세요!"라고요.
    하지만 우리가 아늑한 곳에 함께 있으면,
    그녀는 안 돼요 라고 절대 말하지 않을 겁니다.

이들 숙녀들은 낯선 이가 만든
베개와 침대를 갖고 있지요.
내게는 버드나무로 지은 침실을 주세요,
돈 주고 사지 않은 이끼와 나뭇잎으로 만든 것이면 되지요.
그리고 생기발랄한 아마릴리스를 보내주세요,
그녀는 우유와 벌꿀을 먹고 자랐다오.

    우리가 서로 구애하며 입맞춤을 하면
    그녀가 소리치지요. "제발, 놔주세요!"라고요.
    하지만 우리가 아늑한 곳에 함께 있으면,
    그녀는 안 돼요 라고 절대 말하지 않을 겁니다.

I Care Not for These Ladies

Thomas Campion

I care not for these ladies,

That must be wooed and prayed:

Give me kind Amaryllis,

The wanton country maid.

Nature art disdaineth,

Her beauty is her own.

    Her when we court and kiss,

    She cries, "Forsooth, let go!"

    But when we come where comfort is,

    She never will say no.

If I love Amaryllis,

She gives me fruit and flowers:

But if we love these ladies,

We must give golden showers.

Give them gold, that sell love,

Give me the nut-brown lass,

       Who, when we court and kiss,

       She cries, "Forsooth, let go!"

       But when we come where comfort is,

       She never will say no.

These ladies must have pillows,

And beds by strangers wrought;

Give me a bower of willows,

Of moss and leaves unbought,

And fresh Amaryllis,

With milk and honey fed;

       Who, when we court and kiss,

       She cries, "Forsooth, let go!"

       But when we come where comfort is,

       She never will say no.

이 시는 단순 소박하며 자족적인 사랑이 고귀하다고 노래하고 있지요. 구애를 하면 여자는'안 돼요'라고 내숭 떨어 남자의 애를 태우고 간절히 매달리게 하면서 많은 선물세례와 오랜 기다림을 당연시하는 엘리자베스조의 상류층 연애의 관례에 대한 비판입니다.

순진하고 자연스러운 연애보다는 밀당의 기술을 연애의 정석처럼 여기는 이들, 화장이나 가채·향수·드레스 등 인위적인 '기교'를 부려 외모를 부풀린 이들, 스스로 생산하지 않고 모든 것을 타인의 노동에 의지하는 이들이 있지요. 여기서 '이들 숙녀들'이라고 통칭한 귀족들입니다.

반면 햇볕에 그을려 개암나무처럼 갈색 피부를 가진, 사랑에 빠지면 계산하지 않고 아낌없이 나누며 자연에서 얻은 재료를 가지고 사랑의 침실을 만들며 자족하는, 시골 처녀 아마릴리스가 있습니다. 이 둘을 비교·대조하며 화자는 아마릴리스가 훨씬 더 자연스럽고 아름다우며 사랑스러운 연인이라고 주장하지요.

관습·외모·부·지위 등에 연연하지 않는 순박한 사랑, 그것이 진짜 사랑이라는 주장은 새삼스럽지 않습니다. 우리들 역시 선택하라고 하면 아마도 모두 아마릴리스를 고를 것 같습니다. 그런데 정작 현실로 돌아와서 자신의 결혼을 앞두면 여러분은 어떤 선택을 하실 건가요? 관습·외모·부·지위를 초월할 수 있을까요? 늘상 갖다 바쳐야 하는 관계가 좋을까요? 꾸밈없는 얼굴이 아니라 기교를 부려서 겉보기에만 예뻐 보이는 이를 원하나요? 판단은 우리 각자의 몫이지만, 어떤 선택을 하든 마음속 깊은 곳에서 우리의 이상적 연인은 아마릴리스처럼 순수하고 다정한 사람, 일방적으로 사랑을 받기만 하려는 사람은 아닐 것 같습니다.

17

버려둔 지 오래되어 이제는
빛이 바랬습니다

에밀리 브론테 (1818~1848)

버려둔 지 오래되어 이제는 빛이 바랬습니다.

상냥하고 매혹적이었던 그 미소가 반쯤은 퇴색되었고

안색도 곰팡이와 습기에 흉하게 변했고

아름다운 꽃도 세월에 잿빛이 되었습니다.

그대의 비단결 머리채만이 아직도

곱게 땋은 채 사진 아래 놓여 있어

한때 그 모습이 어땠을지 말해주며

그 이미지를 마음에 그리게 해줍니다.

아름다워라, 사랑의 시행을 적었을 그 손이여,

"사랑하는 그대, 내 사랑을 진실되게 해주세요, 영원히."

그 사랑의 맹세, 펜으로 적으며

섬섬옥수, 경쾌하게 날아다녔으리.

Long Neglect Has Worn Away

Emily Brontë

Long neglect has worn away
Half the sweet enchanting smile,
Time has turned the bloom to gray;
Mold and damp the face defile.

But that lock of silky hair.
Still beneath the picture twined,
Tells what once those features were,
Paints their image on the mind.

Fair the hand that traced that line,
"Dearest, ever deem me true";
Swiftly flew the fingers fine
When the pen that motto drew.

지금은 가고 없는 사랑하는 이들에 대한 추억이 담긴 사진은 오래 방치되어 이제 빛이 바랬습니다. 인간적 아름다움이 세월 앞에 덧없이 스러져갔음이 이 빛바랜 사진에 그대로 나타나 있지요. 사진과 함께 기억도 흐려져 곱게 땋아 사진 아래 놓인 머리채를 보고서야 한때 아름다웠던 이의 모습을 마음에 그려봅니다. 연인과의 사랑의 맹세를 빠르고 경쾌하게 적어나갔을 청춘의 섬섬옥수를 떠올리며, 이제는 곰팡이와 습기에 흉하게 변한 사진 속의 얼굴을 보는 것은 그 극적인 대조로 인생무상을 더욱 절절히 다가오게 합니다.

채 서른이 안 된 나이에 요절한 시인이, 가슴 뛰는 사랑의 노래는커녕, 빛바랜 사진 속에서 모든 인간적인 것의 덧없음을 발견하였음이 참으로 가엾습니다. 한 반백 년쯤 살면 누구나 깨달았을 진리를 너무 일찍 알게 한 시대가, 그 사회가 아프고 아쉽네요.

누구나 오래된 사진첩을 꺼내 본 경험이 있겠지요. 어린 시절의 사진이나 세상을 떠난 이들의 사진이지요. 그 시절의 추억을 공유할 상대가 살아서 함께한다면, 사진을 통한 추억여행이 자못 슬프지만은 않습니다. 하지만 사랑하던 사람은 가고 나 홀로 그이의 청춘을 담은 빛바랜 사진을 보노라면 형언하기 어려운 감정이 솟아오르겠지요. 이제는 디지털 시대라 다르다고 합니다. 사진이 빛바랠 일이 없으니까요. 하지만 주인 없는 SNS처럼 시간이 삼켜버린 모든 추억 앞에 우리는 여전히 외롭고 초라한 한 인간으로 서 있습니다. 삶의 영원한 무상함을 가슴 깊이 새기고서요.

그런데 사랑하는 이가 갔어도 추억은 그 자체로 의미를 갖습니다. 이제는 함께하지 못하는 부모님과 친구들을 떠올리며 사진을 보노라면 그 사진을 찍던 시간으로 되돌아갑니다. 그 시간 안에 함께했던 즐거웠던 추억, 잊을 수 없는 기억이 지금의 고난을 버티게 하는 힘이 됩니다. 젊을 때 사랑하는 사람과 많은 추억을 쌓아두시기 바랍니다. 나중에 외로울 때 그 추억이 큰 힘이 될 날이 꼭 올 테니까요.

Ode(오드, 송시頌詩)

금붕어 어항에 빠져 죽은,
총애하던 고양이의 죽음을 애도하며

토마스 그레이 (1716~1771)

고상한 꽃병 옆이었다네
도자기 장인의 뛰어난 솜씨로
　　활짝 핀 청록색 꽃들이 채색된 꽃병 옆이었다네,
짐짓 점잔 빼며 난체하는 얼룩 고양이,
깊은 생각에 잠긴 셀리마가 몸을 기울여
　　아래에 있는 호수를 뚫어지게 보고 있었다네.
……(2연 생략)

그녀는 한참을 지켜보았다네, 물결 중간에
두 천사의 모습이 미끄러지는 게 보였다네,
　　시냇물의 수호정령이런가.
그들의 비늘갑옷은 진홍색을 띠고
그 깊은 자줏빛 진홍을 투과하여
　　황금빛 미광이 눈앞에 번쩍였네.

그 불운한 님프가 경이에 차서 보았다네.
콧수염이 먼저, 발톱이 뒤따랐다네.

　불타는 욕망을 가득 품어,
온몸을 뻗어 보았지만 전리품에 닿지는 못했네.
어찌 여인의 마음이 황금을 무시할 수 있겠나?
　어찌 고양이가 물고기를 마다할 수 있겠나?

콧대 높은 아가씨여! 집요한 눈빛으로
다시 몸을 뻗치고, 다시 구부려 보았으나,
　심연이 가로막고 있는 줄은 몰랐다네
(사악한 운명의 여신이 옆에 앉아 미소 지었다네)
미끄러운 가장자리에 발을 헛디뎌
　머리부터 거꾸로 떨어져 버렸네.

여덟 번이나 홍수 같은 물 위로 솟구치며
모든 물의 신에게 야옹 하였다네
　신속히 구원의 손길을 보내달라고.

돌고래도 오지 않았고 바다의 요정(네레이드)도 꼼짝 않았네

무자비한 톰도 수잔도 못 들었다네,

　　본래 사랑을 독차지하는 이는 친구가 없는 법이니!

그러니 그대 미인들이여, 정신 차리시고

명심하세요. 한번 삐끗하면 되돌릴 길이 없다는 사실을.

　　그러니 용감하려거든 신중하세요.

그대들의 지조 없는 눈길과 경솔한 마음을 유혹하는

모든 것이 정당한 보상을 주진 않으니까요.

　　반짝이는 모든 것이 다 황금이 아니랍니다.

Ode

On the Death of a favorite Cat,
Drowned in a Tub of Goldfishes

Thomas Gray

'Twas on a lofty vase's side,

Where China's gayest art had dyed

The azure flowers that blow;

Demurest of the tabby kind,

The pensive Selima, reclined,

 Gazed on the lake below.

······(2연 생략)

Still had she gazed; but 'midst the tide

Two angel forms were seen to glide,

 The genii of the stream;

Their scaly armor's Tyrian hue

Through richest purple to the view

 Betrayed a golden gleam.

The hapless nymph with wonder saw:

A whisker first and then a claw,

 With many an ardent wish,

She stretched in vain to reach the prize.

What female heart can gold despise?

 What cat's averse to fish?

Presumptuous maid! with looks intent

Again she stretch'd, again she bent,

    Nor knew the gulf between.

(Malignant Fate sat by, and smiled)

The slippery verge her feet beguiled,

    She tumbled headlong in.

Eight times emerging from the flood

She mewed to every watery god,

    Some speedy aid to send.

No dolphin came, no Nereid stirred;

Nor cruel Tom, nor Susan heard;

    A favorite has no friend!

From hence, ye beauties, undeceived,

Know, one false step is ne'er retrieved,

    And be with caution bold.

Not all that tempts your wandering eyes

And heedless hearts, is lawful prize;

    Nor all that glitters, gold.

본래 'Ode'^{송시}는 특정 인물이나 사물을 기리는 고상한 서정시로 우리나라에서는 부러진 바늘을 애도한 〈조침문^{弔針文}〉이 유명합니다. 겉으로 보아서는 주인의 사랑을 독차지하던 고양이가 어항 속의 금붕어를 잡아먹으려다 빠져 죽은 사건을 말하고 있지요. 그러나 시인의 진심은 마지막에 분명히 드러나 있습니다. 암고양이 셀리마에 빗댄 콧대만 높고 경솔한 미인들에게 "정신 차려라. 세상이 그리 만만한 게 아니다"라고 경고하고 있는 것이죠. 뿐만 아니라 반짝이는 모든 것이 금이 아니듯이 겉모습만 보고 달려들면 낭패를 본다는 경고도 있습니다.

그런데 단순한 경고를 능가하는 통찰력이 돋보이는 대목이 있습니다. "사랑을 독차지하는 이는 친구가 없는 법"이란 부분이지요. 시기심은 예나 지금이나 인간의 감정 중 가장 지배적인 감정이라고 합니다. 그래서 우리 조상은 소중한 자손을 낳으면 귀신이 시기할세라 '개똥이'라고 불렀다지요. 너무 잘나도 너무 사랑받아도 경계할 일입니다.

이 시의 주인공인 셀리마는 시인의 절친인 호레이스 월폴

(Horace Walpole, 1717~1797)의 고양이였습니다. 이 시에 삽화를 그려준 이는 낭만주의를 연 시인 윌리엄 블레이크(William Blake, 1757~1827)입니다. 블레이크의 그림에는 셀리마가 탐욕스러운 여인으로 금붕어들도 좀 기이하게 생긴 모습으로 표현되어 있습니다. 뭔가 신화적인 느낌을 주면서도 좀 익살스러운 모습이지요.

사실 그레이는 이 시 말고도 시인 리처드 웨스트^{Richard West}의 죽음을 기리며 쓴 〈시골묘지에서 쓴 비가〉(Elegy Written in a Country Churchyard, 1751)로 유명합니다. 송시나 비가는 그 나름의 전통과 패턴을 가지고 있습니다. 세상에서 벌어지는 어떤 한 사건이 시의 제재와 모티브가 되어 그 사건의 주인공이 겪은 불운을 애도하고 기리는 한편, 더 중요하게는 세상에 대한 비판으로 나아가는 것입니다. 다시 말해 애도의 대상이나 사건은 부차적이고 핵심은 세상사를 이야기하는 것입니다. 이 시에서도 셀리마의 죽음이 시의 출발점이 되었지만 가장 중요한 주제는 마지막 연에 요약되어 있습니다. 비단 여인들에게만 하는 말은 아니지요. 그러니 세상 사람들아, 반짝이는 모든 것이 다 황금이 아니랍니다.

시인이자 화가였던 윌리엄 블레이크가 그린, 토마스 그레이의 시집 〈금붕어 어항에 빠져 죽은, 총애하던 고양이의 죽음을 애도하며〉 표지삽화.

2부

덧없는 세상을 위한 기도

1

부귀영화를 대수롭지 않게 여기네

에밀리 브론테 (1818~1848)

부귀영화를 나는 대수롭지 않게 여기네.
사랑도 별일 아니라고 웃어넘기지.
명예욕도 아침이면 사라지는
한때의 꿈일 뿐이었지.

내가 기도한다면, 입술을 움직여 할
유일한 기도는
"제 마음 지금 그대로 두시고
제게 자유를 주소서!"

그렇지, 화살같이 빠른 나의 날들이 막바지에 다다랐을 때
나의 간절한 소망은 오직 이것뿐,
살아서나 죽어서나 인내할 용기를 가진,
매이지 않은 영혼이 되는 것.

Riches I Hold in Light Esteem

Emily Brontë

Riches I hold in light esteem,
And Love I laugh to scorn;
And lust of Fame was but a dream,
That vanished with the morn:

And if I pray, the only prayer
That moves my lips for me
Is, "Leave the heart that now I bear,
And give me liberaty!"

Yes, as my swift days near their goal:
'Tis all that I implore;
In life and death, a chainless soul,
With courage to endure.

요크셔 서부의 낮은 관목이 무성한 하워스^{Haworth} 마을을 찾아 간 적이 있습니다. 샬롯, 에밀리, 앤의 세 브론테 자매가 작품 활동을 한 곳이며 특히 에밀리의 소설 《폭풍의 언덕》의 배경 이 된 곳이기도 해서입니다. 자매의 아버지가 교구목사를 지 낸 곳으로 그들이 거주했던 목사관은 현재 박물관이 되었습 니다. 한때 불모지였던 그곳이 지금은 브론테 자매에게 문학 적 영감을 준 장소로 관광명소가 되었습니다. 하지만 비가 오 는 어스름 저녁에 바라본 황야는 검푸른 하늘과 맞닿은 듯 숨 막혔고 하늘과 땅을 구분할 수도 없이 칙칙한 어둠의 그림자 가 끝없이 펼쳐져 있었지요. 언덕의 목사관에서 내려다본 마 을에 작은 식수용 저수지가 보였습니다.

그 지역의 오염된 물 탓인지 마을 사람들의 평균수명이 아 주 짧았다고 합니다. 브론테 자매가 살았던 19세기 초반에 평 균수명이 22세였고 태어난 아기의 40%가 6세를 못 넘기고 죽 었다고 하지요. 브론테 자매도 총 5명이었는데 그중 세 자매 만이 살아남아 20세를 넘겼지요. 그런데 그나마 아무도 자손을 두지 않아 브론테 가문의 대가 끊겼습니다.

　이들 자매들이 생활했던 목사관 안의 침실과 부엌도 둘러보며 참으로 검소하고 여유 없는 삶이었겠구나 짐작했지요. 그제야 철없을 때 읽었던 《폭풍의 언덕》의 장면들이 생생하게 자리를 찾는 느낌이 들었습니다. 속세의 삶은 짧고 죽음이 화살처럼 다가오는 곳, 22세면 죽을 나이라고 생각하는 곳, 그곳에서 영생을 꿈꾼다면 당신은 무엇을 가장 소망하렵니까? 돈? 사랑? 명예? 다 부질없지요. 시인은 그 황량하고 쓸쓸한 곳에서 목사의 딸로 태어나 돈은 바랄 바가 못 되었고, 미혼으로 채 서른을 못 넘기고 세상을 떠났습니다.

　명예욕도 아침과 함께 사라진다고 했지만, 역설적이게도 시인과 자매들은 모두 죽어서 결코 죽지 않을 이름을 남겼습니다. 세속적인 명성을 기대하지 않았던 시절, 삶이 온통 슬픔과 고난으로 차 있던 시절, 태어난 아기에게 세례를 베풀기 무섭게 장례식을 치러야 하는 목사관에서 이 모든 것을 지켜보며, 시인이 가장 바랐던 것은 무엇이었을까요? 그것은 지금 이대로 이 모든 시련을 견디는 마음 안에서 자유를 구가하는 영혼, 바로 "살아서나 죽어서나 인내할 용기를 가진, 매이지 않은 영혼"이었을 겁니다.

2

안녕

알룬 루이스 (1915~1944)

그러니 이제 우리 작별을 고해야 하오, 내 사랑.

그리고 연인들이 떠나듯 우리도 영원히 떠나야 하오,

오늘 밤뿐이군요, 짐을 싸고 라벨을 붙이고,

우리 함께 누웠던 시간에 종말을 고해야 하오.

마지막 남은 1실링을 가스미터기에 넣고 나는

그대가 드레스를 무릎 아래로 미끄러뜨리는 것을 지켜봅니다.

그리고 조용히 누워 그대의 머리 빗는 소리가

나무 사이에서 바스락거리는 가을의 소리로 변조하는 것을 듣습니다.

그리고 우리가 함께 한 셀 수 없이 많은 일들을 모두 기억하리다

미라의 붕대처럼 내 머리를 감싼 침묵을 내려놓고

마실 물을 물병에 채우고 나니

그대가 말합니다 "우리 이 침대에 1기니나 지불했네요."

그러고는 "다음에 묵을 이를 위해 가스는 좀
남겨두어요. 이 드라이 플라워도요" 그렇게
말을 마치고 그대는 고개를 돌리는구려, 감히
영생은 우리 몫이라는 그 거창한 말을 하지는 못하고.

그대는 입맞춤으로 내 눈을 감기지만, 정작 자신은
이름 모를 두려움에 얼어붙은 아이처럼 주위를 응시하는구려.
아마도 반짝이는 물이 시간의 물잔을 비추어
하릴없이 흐르는 눈물을 드러냈나 보오.

우리 자신 외에는 모든 것을 내려놓읍시다,
이기심은 가장 나중에 내려놓아야 하는 것이니 말이오.
우리의 한숨은 대지의 호흡이 되고
우리의 발자욱은 눈을 가로질러 자국을 남긴다오.

우리는 우주를 우리의 집으로 만들었다오.
우리의 코는 숨결이 될 바람을 들이마셨고,
우리의 심장은 기쁨의 거대한 탑이며,
우리는 죽음의 7대양에 걸터앉아 있다오.

하지만 모든 것이 끝난다 해도, 그대는 에메랄드 반지를 간직하구려
내가 거리에서 그대의 손에 끼워준 그 반지 말이오.
그리고 나는 오늘 밤 그대가 나의 군복 위에 달아준
계급장을 고이 간직하리다, 내 사랑.

Goodbye

Alun Lewis

So we must say Goodbye, my darling,

And go, as lovers go, for ever;

Tonight remains, to pack and fix on labels

And make an end of lying down together.

I put a final shilling in the gas,

And watch you slip your dress below your knees

And lie so still I hear your rustling comb

Modulate the autumn in the trees.

And all the countless things I shall remember

Lay mummy-cloths of silence round my head;

I fill the carafe with a drink of water;

You say "We paid a guinea for this bed,"

And then, "We'll leave some gas, a little warmth

For the next resident, and these dry flowers,"

And turn your face away, afraid to speak

The big word, that Eternity is ours.

Your kisses close my eyes and yet you stare

As though God struck a child with nameless fears;

Perhaps the water glitters and discloses

Time's chalice and its limpid useless tears.

Everything we renounce except our selves;

Selfishness is the last of all to go;

Our sighs are exhalations of the earth,

Our footprints leave a track across the snow.

We made the universe to be our home,

Our nostrils took the wind to be our breath,

Our hearts are massive towers of delight,

We stride across the seven seas of death.

Yet when all's done you'll keep the emerald

I placed upon your finger in the street;

And I will keep the patches that you sewed

On my old battledress tonight, my sweet.

전쟁터로 떠나기 전 마지막 밤, 아침이면 사랑하는 연인을 두고 가야 하는 젊은 병사의 작별인사입니다. 헤어지면 영원히 만나지 못할 것이라는 암시, '그 거창한 말'은 침묵으로 대신했지만 '영생은 우리 몫'이라는 대목에서 죽음에 대한 전조가

시 전체를 지배합니다. 그러나 죽음을 마주 대하면서도 삶을 배려하지요. 뒤에 묵을 이를 위해 가스와 드라이 플라워를 남겨두는 이 젊은이들의 마음 씀씀이에서 슬프지만 희망을 봅니다.

사실 시인의 삶을 살펴보면 한동안 먹먹함에 빠지지 않을 수가 없습니다. 루이스는 웨일스 남부의 칙칙한 탄광촌에서 태어났습니다. 잉글랜드의 맨체스터에서 공부를 마치고 교사 실습을 위해 고국에 돌아왔지만 1940년에 입대하여 2차 세계대전에 참전했지요. 1941년에 교사인 엘리스^{Gweno Meverid Ellis}와 결혼했으나 곧바로 연대와 함께 인도로 원정 갔습니다. 그러고는 마침내 일본과 대적하기 위해 버마(미얀마)에 파견되었지요.

루이스는 전쟁을 겪는 동안 생의 의지를 잃고 1944년에 총을 쏴 자살했습니다. 그의 부인은 총기사고로 죽었다고 믿었으나 함께 전쟁을 치른 제6연대의 전우들은 그의 죽음을 자살로 믿었지요. 이 시는 사후 1년 뒤인 1945년에 유고작으로 출판되었습니다. 결국은 자전적인 이야기가 되고 만 이 시를 쓸 때, 시인은 자신의 운명이 이미 정해졌다고 느꼈고 예견한 셈이 되었습니다.

간단한 그의 이력에는 자살의 이유로 전쟁의 영향, 애정 문제, 동양의 종교, 문화충격 등이 나열되어 있습니다. 고향 웨일스를 떠나 머나먼 이국땅의 전장에서 생의 끈을 놓았다니, 그저 한 병사의 죽음으로 치부할 수만은 없을 것 같습니다. 전쟁은 그 무엇이 명분이 되었든 결코 일어나서는 안 됩니다. 권력자의 탐욕을 그럴듯한 명분으로 위장한 살인행위일 뿐입니다.

마지막을 예고하는 이가 사랑하는 아내와의 마지막 밤을 기록한 것이니 읽는 독자들 또한 아플 수밖에 없지만, 이 시에서 가장 아픈 부분은 '이기심'을 언급한 제6연입니다. 위정자들이 탐욕과 이기심으로 젊은이들을 죽음으로 내몰 때, 그들이 내세운 '거창한' 명분 때문에 생명을 저당 잡힌 젊은이들이 죽음 앞에서 마지막으로 돌아선 곳이 '자신'입니다. 이 부분에서 무자비한 권력자의 이기심과 이들 병사의 이기심 사이에 선명한 대조가 드러납니다. 용어는 똑같이 '이기심'이지만 정반대의 뉘앙스를 가지지요. 여기서 시인이 환기한 '이기심'은 사랑하는 이와의 마지막 밤에 이제 마지막으로 우리 자신, 즉 서로에게만 집중하자는 의미입니다.

전쟁 때문에 사랑에 장애를 받았던 연인입니다. 짐을 싸고 라벨을 붙이고 이제는 영원한 작별을 고하기 전 함께하자고, 둘만 생각하자고 하지요. 이기심은 '마지막으로 보낼 것'이니 우리, 이제 우리만 생각해도 괜찮다며 도덕적인 정당화까지 하지요. 그래서 더 아픕니다.

2차 세계대전이 끝난 지 거의 80년이 다 되어 가지만 세상은 여전히 이러저러한 구실을 대며 전쟁을 지속해오고 있습니다. 우리는 전쟁을 막기 위해 무슨 일을 할 수 있을까요? 국민의 반전 의사를 절대적 다수의 '정치적 행위'로써 분명히 말하는 것 말고는 무엇을 할 수 있을까요? 평화는 결코 선택이 아니라 하늘의 명령임을 우리 모두 깨달으면 좋겠습니다.

하나의 기술

엘리자베스 비숍 (1911~1979)

상실의 기술은 연마하기가 그리 어렵지 않아요.
아주 많은 것들이 상실될 목적으로 충만한 것 같으니까요
그러니 그것들의 상실은 재앙이 아닙니다.

매일매일 뭔가를 상실하세요. 그리고 받아들이세요,
대문 키를 잃고 당황한 것이나 속절없이 시간을 허비한 것을요.
상실의 기술은 연마하기가 그리 어렵지 않아요.

그러니까 더 크게 더 빨리 상실을 연습해 보세요.
장소나 이름, 여행하려고 했던 장소들,
이 중 어느 것도 재앙을 불러오진 않습니다.

예전에 저는 엄마의 시계를 잃은 적이 있어요. 그런데 보세요!
제가 아꼈던 집 세 채 중 마지막 집인가 아니면 그전의

집인가도 잃었습니다.

상실의 기술은 연마하기가 그리 어려운 게 아니거든요.

저는 두 도시를 잃었는데, 사랑스러운 도시였어요. 그리고 더

　광활하게는

　한때 제가 소유했던 몇 개의 지역과 두 개의 강, 그리고 하나의

대륙도 잃었습니다.

그것들이 그립지만, 재앙이라고 할 정도는 아닙니다.

— 심지어 그대를 (제가 사랑했던 그대의 장난스러운 목소리와 제스처를)

　잃는다 해도, 거짓말을 하지는 않으려고 합니다. 분명한 것은

상실의 기술이 연마하기에 너무 어려운 것은 아니라는 겁니다.

비록 상실이 겉보기엔 재앙처럼 (이건 적어두세요!) 보일지라도

　말예요.

One Art

Elizabeth Bishop

The art of losing isn't hard to master;
so many things seem filled with the intent
to be lost that their loss is no disaster.

Lose something every day. Accept the fluster
of lost door keys, the hour badly spent.
The art of losing isn't hard to master.

Then practice losing farther, losing faster:
places, and names, and where it was you meant
to travel. None of these will bring disaster.

I lost my mother's watch. And look! My last, or
next-to-last, of three loved houses went.
The art of losing isn't hard to master.

I lost two cities, lovely ones. And, vaster,

some realms I owned, two rivers, a continent.

I miss them, but it wasn't a disaster.

—Even losing you (the joking voice, a gesture

I love) I shan't have lied. It's evident

the art of losing's not too hard to master

though it may look like (*Write* it!) like disaster.

역설과 유머가 바탕에 깔린 시입니다. 시인은 매사추세츠주
에서 태어나던 해에 부친을 잃고 5세 때인 1916년에는 어머
니까지 정신병원에 수용되어, 캐나다의 노바스코샤에 있는
외조부모의 농가에서 자랐습니다. 하지만 아직 어린 시절 부
유한 친가 쪽이 양육권을 얻어 다시 매사추세츠주의 우스터

로 갔으나 그곳에서는 행복하지 않았다고 전해집니다. 외조부모와 격리되어 매우 외로웠을 뿐 아니라 고질적인 천식에 걸려 남은 생 내내 고통받았다고 하지요. 1918년이 되어서야 친조부모는 비숍이 행복하지 않은 것을 알게 되어 큰이모에게 보내면서 학비와 주거비를 부담했습니다. 큰이모가 살던 동네는 아일랜드계와 이탈리아계 이민자들이 거주하는 가난한 지역이었고, 비숍은 어려서부터 병치레를 많이 해서 정규교육을 제대로 받지 못했습니다.

성인이 되면서 죽은 부친의 재산을 상속받아 일찌감치 독립했던 그녀는 홀로 자주 여행을 다녔는데, 1951년 남미여행 중 보름 예정으로 방문한 브라질의 산투스에서 브라질의 여성 건축가인 로타 수아레스Lota de Macedo Soares를 만나 정착하여 15년을 삽니다. 1967년 연인인 수아레스가 자살 후 미국으로 돌아와 여생을 보냈지요. 비숍은 1956년 퓰리처상을 수상하였고 1970년에 전미도서상, 1976년에 노이슈타트 국제문학상을 수상하는 등 잘나가는 작가였습니다. 그러나 이 시가 발표된 1976년은 그녀가 죽기 3년 전으로 어려서 잃은 부모와 외조부모, 그리고 범상치 않은 동성 연인과의 사랑 등 평균 이상의 가혹한 상실을 모두 겪은 이후입니다.

그래서 이 시에서 거론되고 있는 '상실'의 내용이 예사롭지 않습니다. 사소한 대문 열쇠에서 시작하여 도시와 강과 대륙으로까지 확대되더니 그 정점에 '그대'가 옵니다. 사랑하는 사람을 잃는 것이 가장 큰 상실이라는 의미겠지요. 사람을 잃는 것은 세상에 존재하는 모든 유형의 상실 중 가장 큰 상실이니까요. 그리고 시인은 일관되게 상실이 재앙이 아니라고 말하지요. 그러나 사실 크나 작으나 모든 상실은 '재앙'이라는 역설이 숨어 있습니다. 마지막에 가서 '적어두라'고 하면서까지 상실은 재앙처럼 '보일 뿐' 사실은 재앙이 아니라 강조하지요. 지나친 부정은 긍정이라는 말이 있듯이 시인이 아니라고 할수록 그것이 '재앙'이었음은 더 두드러지고 맙니다. 즉, 아니라는 것은 다만 시인의 의지요 희망일 뿐, 사실 그녀에게 매번의 상실은 재앙이라는 사실을 오히려 확인시켜 줍니다. 더욱이 상실이 연마한다고 연마되는 기술이던가요? 어렵고 쉽고의 문제이던가요?

세상의 모든 것이 지금 충만한 이유는 결국 상실될 예정이기에 그렇다고 시인은 말합니다. 이것은 자연을 포함한 이 세상의 모든 존재에 대한 통찰이요, 역설입니다. 그러나 그렇다고 매번의 상실이 재앙이 아니던가요? 현실에서 상실은 어느 날 불쑥 예기치 않게 찾아와서 재앙이 되고 맙니다. 경험이 반복되어도 결코 상실은 연마할 수 없는 기술인 이유이지요.

가령 우리가 여러 번 실연했다고 해서 새로운 실연이 재앙이 아닌가요? 우리가 부모님을 잃어본 경험이 있다고 해서 또 다른 가족의 죽음에 덤덤할 수 있나요? 이 시에서 역설은 오히려 그 반대 명제를 강조하고 있습니다. 대문 열쇠를 잃고 황망했던 경험에서부터 사랑하는 이를 잃는 경험까지, 우리의 삶은 상실로 점철되어 있습니다. 그리고 모든 상실은 매번 재앙이며 결코 연마되지 않는 기술입니다. 시인은 이를 부정하는 역설을 반복함으로써 상실을 수용해야 하는 이의 아픈 마음, 회피하고 싶은 마음을 잘 포착하고 있습니다. 이와 동시에 죽음이라는 궁극의 상실을 향하고 있는 삶의 본질에 대한 깊은 성찰을 보여주고 있습니다.

4

우리는 가면을 씁니다

폴 로렌스 던바 (1872~1906)

우리는 가면을 쓰고 씨익 웃기도 하고 거짓말을 하기도
   합니다.
가면이 우리의 뺨을 가려주고 눈에 가림막을 쳐주지요.
우리는 이 인간적인 속임수에 대한 대가를 치릅니다.
갈가리 찢기고 피 흘리는 마음인데도 우리는 미소 짓고,
입에는 밤하늘의 별처럼 셀 수 없이 미묘한 표정을 띠지요.

왜 세상은 지나치게 머리를 쓰는가요,
우리의 눈물과 한숨 모두를 세어본다면서요?
아니, 그들이 그냥 우리를 지켜보게만 해주세요,
            우리가 가면을 쓰고 있는 동안은요.

우리는 미소 짓지만, 오 위대하신 그리스도시여, 당신을 향해
우리의 고통받는 영혼으로부터 솟구치는 외침을 들어주소서.
우리는 노래하지만, 오 우리의 발밑에
진흙은 사악하고 갈 길은 아직 멉니다.

하지만 세상 사람들로 하여금 그렇지 않다고 꿈꾸게 해주시면,

우리는 가면을 쓰고 살아가겠습니다!

We Wear the Mask

Paul Laurence Dunbar

We wear the mask that grins and lies,

It hides our cheeks and shades our eyes,—

This debt we pay to human guile;

With torn and bleeding hearts we smile,

And mouth with myriad subtleties.

Why should the world be over-wise,

In counting all our tears and sighs?

Nay, let them only see us, while

We wear the mask.

We smile, but, O great Christ, our cries

To thee from tortured souls arise.

We sing, but oh the clay is vile

Beneath our feet, and long the mile;

But let the world dream otherwise,

　　We wear the mask!

1895년에 쓰여진 이 시는 남북전쟁 이후인 19세기 말에 흑인의 정체성으로 살아가는 시인의 현실을 배경으로 하고 있습니다. 해방이 되었으니 흑인으로서 살아가는 삶이 당연히 나아져야겠으나, 현실에서는 그렇지 못했어요. 오히려 인종주의는 더 극렬해지고 삶은 더 어려워진 시기입니다.

인생은 가면극이라는 말은 고대로부터 오늘날에 이르기까지 많은 시인에 의해 회자된 비유입니다. 우리가 원하든 원하지 않든, 상황이 우리에게 부여하는 이러저러한 역할을 떠안으며 삶을 살아간다는 의미이지요. 그러나 이 시는 가면에 대한 이처럼 익숙한 기대를 살짝 틀어 비껴갑니다. "세상 사람들아, 굳이 머리를 짜내서까지 가면 밑에 감춰진 눈물과 한숨을 다 세어보려고 하지 마라. 인생은 본래 온갖 고통과 슬픔을 감추고 살아가는 거야"라고 말하는 것 같습니다. 그리고 "우리는 계속 가면 쓰고 살 테니 그냥 그대로 지켜보라"고도 주장하는 것 같습니다. 다시 말해 던바는 겉으로는 명랑한 체, 용감한 체, 아무렇지도 않은 체 억압을 버티는 삶을 가면을 쓰고 살아가는 삶에 비유한 것이지요. '이 인간적인 속임수' 즉, 가면을 쓰고 살아가는 것에 대해 빚을 지고 있다고 하지요. 그 대가는 고통스러운 중에도 미소 짓고 온갖 미묘한 표정으로 이를 감추는 일이지요.

던바는 이 고통과 억압에 대해 굳이 인종을 언급하지 않았으니 이 상황은 인종을 넘어 더욱 보편적으로 적용 가능합니다. 누구나 마음을 감추고 겉으로는 아무렇지 않은 듯이 씩씩하게 살아야 한 적이 있을 테니까요. 그래서 이 시에서 특별히 주목할 부분은 '우리'와 '세상 사람들'을 나눈 것입니다. 여기서 '우리'는 억압받으며 가면을 써야 하는 모든 이를 의미하고

'세상 사람들'은 그 대척점에 선 사람들이거나 가면을 쓰지 않아도 되는 이들이기도 하겠지요. 그런데 시는 이 둘을 대립시키는 듯이 보이지만, 막상 마지막 연의 기도 같은 시행에 이르면 대립보다는 회피와 체념을 구하고 있습니다. 우리의 현실은 사악하고 갈 길은 멀지만 그리스도께서 우리의 고통을 들어주시고 세상사람들로 하여금 이를 보지 못하게 한다면 그냥 이렇게 가면을 쓰고 살아가겠습니다 라고 하지요….

그렇다면 정작 구원은, '우리'의 안식과 평화는 어디에 있을까 하는 의문이 듭니다. 아마도 마지막 연에서 그 해답의 힌트를 찾을 수 있을 것 같습니다. 그곳은 위대한 그리스도가 상징하는 곳, 억압이나 거짓이 없는 영원한 안식의 세상일 것입니다. 적어도 시인에게 그곳은 이 세상에는 없는, 이 세상을 넘어서는 피안의 세계였던 것 같습니다. 그래서 아직 갈 길은 멀지만 그곳에 닿을 때까지 그냥 이대로 '가면' 쓰고 그 대가를 치르며 살게 해달라고 기도합니다. 이 세상에서 어떤 밝은 희망이나 구원을 보지 못했다는 점에서 이 시는 지극히 염세적입니다. 그러나 그 염세적 정서로 인해서 가혹한 현실이 더 생생히 부각되는 것 또한 사실입니다.

시인 던바는 도망친 흑인노예(runaway slave)의 아들로 태어나 백인학교에서 교육을 받았습니다. 34세에 결핵으로 짧은 생을 마감할 때까지 그가 겪었을 "밤하늘의 별처럼 셀 수 없이 많은 미묘한" 삶의 표정이 감히 상상이 되지 않습니다. 하지만 아직 갈 길이 멀다 한 그가 그 길을 누구보다 짧게 마무리하면서, 적어도 가면 아래 감추어 둔 그의 영혼만은 '위대한' 그리스도의 수난과 부활 안에서 영원한 희망과 안식을 찾았을 것으로 보입니다.

5

그들이 내게서 달아나는구나

토마스 와이어트 (1503~1542)

그들이 내게서 달아나는구나, 한때 나를 따른다고
　　　맨발로 내 방에서 서성댔던 그들이.
상냥하고 나긋나긋하고 유순했던 그들이
　　　이제는 거칠디거칠구나 그리고 잊었나 보구나
　　　내 손의 빵 한 조각 얻어보려고
때로는 위험도 불사했던 사실을. 이제 보니 그들은
계속 입장을 바꾸며 세태를 좇느라 바쁘구나.
......

They flee from me

Thomas Wyatt

They flee from me that sometime did me seek
　　　With naked foot stalking in my chamber.

I have seen them gentle tame and meek

    That now are wild and do not remember

    That sometime they put themselves in danger

To take bread at my hand; and now they range

Busily seeking with a continual change.

....

　'권불십년'과 '격세지감'을 동시에 연상시키는 시입니다. 시인이 살던 500년 전에도, 지금 우리가 사는 21세기에도, 세상은 바뀐 게 없구나 하는 자괴감이 들게 하는 시입니다. 특히 선거철마다 철새 논란에 휩싸이고 어제의 동지가 오늘의 적이 되는 세상입니다. 권력에 빌붙어 콩고물이라도 건질까 싶어 간이라도 빼줄 '간신'이나 손바닥 뒤집듯 입장을 바꾸어 대중을 현혹하는 박쥐들은 예나 지금이나 우리 곁에 그득합니다.

　시인은 마흔도 채 되기 전에 반역죄로 처형당합니다. '천일의 앤'으로 유명한 헨리 8세의 두 번째 왕비 앤 불린의 애인으로 알려져 있지요. 앤 불린이 누구이던가요. 헨리 8세는 그녀와 결혼하기 위해 이혼을 허용하지 않는 로마가톨릭교회와 결별합니다. 그리고 스스로 종교개혁을 하여 성공회의 초대 수장이 되면서 정교일치를 이루고 왕비와의 이혼을 정당화한 후 앤 불린과 재혼하지요. 하지만 대를 이을 아들에 대한 기대를 저버리고 대신 후에 엘리자베스 1세가 된 딸을 낳았다고 하여 앤을 천일만에 단두대의 이슬로 사라지게 했지요.

이후에도 헨리 8세는 왕비를 여럿 갈아 치웠으나, 왕자를 얻지 못하고 맙니다. 그래서 어쩔 수 없이 장자상속의 원칙이 깨지고 헨리 8세의 왕권은 앤의 딸인 엘리자베스가 이어받지요. 그녀는 무적함대로 맹위를 떨치던 스페인 함대를 물리치고 유럽의 패권을 거머쥡니다. 아들이 아닌 딸의 시대에 영국 최강의 시대를 구가하게 되니, 이 또한 역사의 아이러니라 하지 않을 수 없습니다.

시인은 최고권자의 총애를 받던 자리에서 앤의 몰락과 함께 나락으로 떨어졌습니다. 형장의 이슬로 사라지기 전, 그는 런던탑에 갇혀 연인이었던 앤의 처형을 지켜본 비운의 사내입니다. 사후에는 그의 아들 또한 반역죄로 기소되어 처형을 당했지요. 시대를 잘못 태어났다고밖에는 그 비운을 달리 해석하기가 어렵습니다.

왕정의 시대에 '반역'이라는 죄목만큼 정적을 제거하기에 확실하고 편리한 것은 없었을 겁니다. 한 시대에 모두가 금기시하는 죄목은 굳이 구체적인 증거가 없더라도 대중의 두려움을 자극하여 정의나 진실을 외면케 하는 것이니까요. 한때 서구의 '마녀' 사냥, 우리나라의 '간첩' 딱지가 딱 그런 것이었습니다. 그래도 영원한 것은 아무것도 없습니다. 아주 느리게 아주 조금씩이라도 역사는 전진한다고 믿고 싶습니다. 여전히 권모술수와 기회주의가 판을 치고 있지만, 500년 전 왕정 시대와 비교하여 지금 우리는 분명히 더 나은 세상을 살고 있다고 믿고 싶으니까요.

6

인내하라, 원하는 바를
얻지 못했다 해도

토마스 와이어트 (1503~1542)

인내하라, 원하는 바를
　얻지 못했다 해도
신은 아시리라, 내가 욕망을 금하며
　살아야만 하는 처지임을.
나 또한 잘 알고 있노라,
바람을 거슬러 항해할 방법은 없음을.

인내하라, 그들이 온갖 짓거리로
　나를 슬프고 괴롭게 해도,
나는 밤낮으로 성찰하며
　자신을 차분히 감당하리라.
내면의 평정을 사색으로 지키리라,
되돌이키는 것은 불가능하므로.

인내하라, 지은 죄가 없으니
  비난받을 일도 하지 않았건만.
나는 안다 그들도 나의 무고함을 알고 있음을
  그들은 다만 변심했을 뿐이다.
어찌 한때 사랑했던 마음이 졸지에
미움으로 움직인단 말인가?

인내하라, 내가 당한 모든 해코지를,
  행운은 나의 적이니.
인내만이 나의 비탄을 치유할
  부적이 되어야 하리라.
죄없이 감당해야 하는 인내는
참으로 고통스러운 인내로구나.

Patience, Though I Have Not

Thomas Wyatt

Patience, though I have not
    The thing that I require,
I must of force, God wot,
    Forbear my most desire;
For no ways can I find
To sail against the wind.

Patience, do what they will
    To work me woe or spite,
I shall content me still
    To think both day and night,
To think and hold my peace,
Since there is no redress.

Patience, withouten blame
    For I offended nought;

I know they know the same,

  Though they have changed their thought.

Was ever thought so moved

To hate that it hath loved?

Patience of all my harm,

  For fortune is my foe;

Patience must be the charm

  To heal me of my woe:

Patience without offence

Is a painful patience.

시인은 궁정인으로서 외교관으로서 33세에 기사작위를 받으
며 헨리 8세의 두 번째 왕비 앤 불린의 애인으로 권력의 정상

에 섰습니다. 그러나 앤의 몰락과 더불어 그의 운도 다했지요. 투옥과 석방을 반복하며 파란만장한 삶을 살다가 39세의 나이에 '반역죄'로 처형되었습니다. 가문의 비운은 여기서 멈추지 않아서 그의 사후 12년 만에 아들 또한 반역죄로 교수형에 처해졌습니다.

몰락의 시기에 쓰였을 것으로 추측되는 이 시는 비운 앞에서 놀라운 자제력과 침착함을 보여주고 있습니다. 원하는 것을 얻지 못했으나 모든 것을 내려놓고 이 무고한 탄압을 인내하겠다는 결연함이 시 전체를 지배하는 정서입니다. 그러나 한편 억울함에 대한 호소와 지금은 상실한 과거의 영광에 대한 미련과 애착도 강하게 표출되어 있지요.

억울한 운명 앞에서 두 부류의 사람이 있습니다. 억울하다고 목청을 높이는 이와 그저 운명에 수긍하는 이지요. 그런데 시인의 경우, 마음은 억울함을 호소하고 싶어도 어쩌면 이 모든 것을 '운명' 탓으로 돌리는 것이 '정치적으로 가장 안전한' 선택이었을지 모릅니다. 그 앞의 현실이 너무나 참담하면 어쩔 수 없는 선택일 것입니다. 런던탑에 갇혀 연인의 처형을 지켜보고 주군의 마음이 자신에게서 완전히 돌아섰음을 깨달은 시인은, 정치에 희생되었으면서도 억울하다고 아우성치지 않고 대신 사람들의 마음이 변했다고 합니다. 그에게는 아직 지켜야 할 것이 많았는지도 모릅니다. 그래서 그는 그저 "밤낮으로 성찰하며 / 자신을 차분히 감당하리라"고 합니다. 행운의 여신이 돌아섰으니 오직 인내만이 그의 비탄을 치유할 부적이라고 스스로 위로하지만, 그래도 무고하게 감내해야 하는 인내는 참으로 고통스럽다고 한 그의 마음이 조금이라도 이해가 되는지요? 세상에는 이런 사정이 종종 있습니다. 얼마나 많은 이가 무고하게 인내하였는지는 역사가 기록하겠지만 우리는 그 개개인을 기억하지 못합니다.

전혀 다른 맥락이지만 앞서 던바의 시에서 보았던 회의와 체념이 시인을 자유롭게 하지 못했듯이, 이 시에서도 우리는 아프지만 체념에 도달한 시인의 마지막 일갈에서 평화에 이르지 못했음을 느낍니다. 던바가 이 생의 구원을 믿지 않았듯이 "죄 없이 감당해야 하는 인내는 / 참 고통스러운 인내로구나"라며 시를 마무리한 시인의 담담한 한탄이 참으로 솔직하면서도 처연하기 그지없습니다. 더욱이 그가 체념과 억지 반성으로 지키고자 했던 아들 또한 12년 후 똑같은 죄목으로 형장의 이슬이 된 것을 보면 역사의 비정함이 제 마음을 오래 울립니다. 그래도 권선징악을 주관하는 신의 공의를 믿고 싶습니다.

거짓

월터 롤리 경 (1552-1618)

가거라, 육체의 손님인 영혼이여,
달가워하지 않을 심부름을 해다오.
고관대작의 심기를 건드린대도 두려워 말아라,
진실이 너를 보증하리니.
가거라, 이제 나는 죽어야만 하니
가서 세상의 거짓을 바로잡아다오.

궁정에 가서 말해다오, 빛나고
반짝이나 썩은 나무 같다고.
교회에 가서도 말해다오, 무엇이 선인지
보여주기만 할 뿐 정작 선은 행하지 않는다고.
교회와 궁정이 말대답을 하면,
그때 그들의 거짓을 바로잡아다오.

위정자들에게도 가서 말해다오.

타인의 활약을 빌어 통치하고 있다고.

베풀지 않으면 사랑받지 못하련만

파당을 지어서만 강해지려 한다고.

위정자들이 말대답을 하면,

그들의 거짓을 바로잡아다오.

……

The Lie

Sir Walter Ralegh

Go, soul, the body's guest,

Upon a thankless errand;

Fear not to touch the best;

The truth shall be thy warrant.

Go, since I needs must die,

And give the world the lie.

Say to the court, it glows

And shines like rotten wood;

Say to the church, it shows

What's good, and doth no good.

If church and court reply,

Then give them both the lie.

Tell potentates, they live

Acting by others' action;

Not loved unless they give,

Not strong but by a faction.

If potentates reply,

Give potentates the lie.

......

시인인 월터 롤리 경은 처녀 여왕 엘리자베스 1세의 총애를 한

몸에 받았던 당대 최고의 궁정인이었습니다. 그는 여왕을 도와 제국주의의 첨병을 자처하였고 스페인과 대결하여 지금의 미국인 북미지역의 식민화에 앞장섰습니다. 지금의 노스캐롤라이나 지역에 해당하는 로아노크 아일랜드^{Roanoke Island}의 식민화를 지휘하였으며(1584~1587), 처녀 여왕에게 헌사한다는 취지로 이 최초의 식민지 이름을 버지니아라고 짓기도 했습니다. 식민지 미국에서 영국으로 담배를 수입한 사람이기도 한데, 롤리 경의 입에서 연기가 나는 것을 최초로 본 사람들이 입에 불이 붙었다고 호들갑을 떨었다는 일화도 있지요.

그런 그가 1592년, 여왕의 시녀를 유혹하여 비밀리에 결혼하는 바람에 총애를 잃었습니다. 그러나 옛정이 남았던지 여왕은 그에게 기아나^{Guiana}의 금광채굴권을 주었다고 해요. 하지만 여왕의 사후 제임스 왕의 통치 시절, 그는 다분히 조작이 의심되는 '반역죄'로 기소되어 말년의 대부분을 런던탑에 갇혀 지내다 결국 처형되었습니다.

이 시는 그가 런던탑에 갇혀 있던 시절 쓰였을 것으로 추정됩니다. 그래서 몸은 갇혀 있으니 영혼이라도 가서 거짓을 바로잡고 진실을 밝혀달라는 거지요. 이 시는 궁정도 교회도 위정자들도 모두 거짓으로 일관하며 진실을 덮고 있다는 고발 시인 동시에 자신의 결백을 주장하는 항변의 시이기도 합니다. 죽음을 앞에 두고도 이런 시를 감히 쓸 수 있는 시인의 용기, 감히 고관대작의 심기를 건드려도 두려워하지 않겠다는 그의 기상과 담력이 대단합니다.

똑같이 반역죄로 갇혀 죽음을 앞에 둔 와이어트 경의 시가 자기 성찰과 회한으로 가득 찼던 반면, 롤리 경의 이 시는 '진실'을 무기로 세상에 도전하는, 굴하지 않는 의지로 가득합니다. 역경을 승화하는 태도는 다를지라도, 두 시인 모두 삶의 무상함, 권력의 허망함을 보여주기에 충분하고도 남습니다. 슬프게도 그때나 지금이나 권력과 종교, 정치는 진실에 별로 관심이 없는 것 같습니다. 한때 예수를 제물로 바쳤듯 이후로도 수백수천의 '예수'가 희생되었지요. 고귀층, 종교인, 율사와 위정자 등이 거짓말로써 도대체 얼마나 많은 사람을 옭아매고 고통을 가했는지요. 롤리 경도 아마 그중 한 사람일 것입니다. 이제 롤리 경의 시를 후대가 읽으면서 그의 억울함을 십분 이해하니, 역사는 늦더라도 결국 모든 것을 바로잡는다는 진리 또한 보여줍니다. 그러나 누구라도 역사의 한가운데서 힘든 나날을 겪고 있다면 결코 희망을 놓지 말아야겠지요. 살아서나 죽어서나.

8

오지만디어스: 람세스 2세

퍼시 비쉬 셸리 (1792~1822)

고대 왕국에서 온 여행자를 만났어.

이렇게 말하더군. "돌로 만든 두 개의 거대한 다리가

몸체 없이 사막에 서 있다오… 근처 모래 위에는

반쯤 파묻힌 채 부서진 얼굴이 누워 있었소, 찡그린 모습에

주름진 입술, 냉혹한 명령을 내리며 지었을 냉소적인 표정은

말해주었다오. 그의 열정이 뛰어난 조각가의 표현력에 의해

이들 생명없는 돌에 각인되어, 그것들을 조롱했던 손과

맹렬했던 심장보다 오래 살아남았음을 말이오.

그리고 석상의 받침대에는 이렇게 문구가 새겨져 있었다오.

'내 이름은 오지만디어스, 왕 중의 왕.

강한 자들이여, 내가 이룬 업적을 보거라, 그리고

기죽을지어다.'

거대한 잔해 주변에는 끝없는 불모의 사막이

고적하고 황량하게 저 멀리 펼쳐져 있을 뿐이었다오."

Ozymandias

Percy Bysshe Shelley

I met a traveller from an antique land

Who said: Two vast and trunkless legs of stone

Stand in the desert... Near them, on the sand,

Half sunk, a shattered visage lies, whose frown,

And wrinkled lip, and sneer of cold command,

Tell that its sculptor well those passions read

Which yet survive, stamped on these lifeless things,

The hand that mocked them, and the heart that fed:

And on the pedestal these words appear:

"My name is Ozymandias, king of kings:

Look on my works, ye Mighty, and despair!"

Nothing beside remains. Round the decay

Of that colossal wreck, boundless and bare

The lone and level sands stretch far away.

오지만디어스는 이집트의 파라오 람세스 2세를 그리스어로 불렀던 이름입니다. 기원전 13세기에 70여 년(B.C.1290~B.C.1223)을 통치한 이 파라오는 자신의 거대한 동상을 세웠다고 알려져 있어요.

19세기의 셸리가 이를 시의 소재로 소환했으니 무려 3,000년 이상의 세월이 이 둘 사이를 가르고 있습니다. 셸리가 람세스 2세를 이집트어로 된 본래 이름으로 부르지 않고 오지만디어스라고 부른 것은 의도가 있어 보입니다. 먼저 람세스는 이집트의 파라오를 지칭하는 공통 이름이고 1세 2세 3세 식으로 구별되지만, 오지만디어스는 람세스 2세에게만 고유한 이름이지요. 또 람세스보다는 오지만디어스가 발음상 어딘지 더 독보적이고 거만하게 들리므로, 저 거대한 석상의 느낌을 전달하기에도 더 어울릴 것 같습니다. 특히 영어 스펠링으로도 2배나 길이가 깁니다.

이 시는 오래된 주제인 인생무상을 다루고 있습니다. 좀 더 들어가면, 한 시대를 풍미한 권력도 세월 앞엔 덧없는 것이라는 말이지요. 살아생전의 그 위용, 표정은 아직 부서진 돌조각에 남아 있지만 황량한 모래에 반쯤 파묻혀 세월 앞에 장사 없음을 방증하고 있습니다. 또 이곳저곳을 정복했을 두 다리는 몸통에서 떨어져 나가 황량하고 고적한 사막의 불모성을 더욱 강조할 따름이지요.

아이러니의 압권은 석상의 받침대에 새겨진 문구입니다. 그가 큰소리로 떵떵 친 '내가 이룬 업적'은 온데간데없이 세월에 쇠락한 거대한 잔해만이 남았지요. 인간적인 모든 것을 정복하는 진정한 강자는 시간이지만, 정작 시간은 이처럼 큰소리치지 않아요. 다만 조용한 침묵으로 말할 뿐입니다. 권불십년이요, 화무십일홍이라. 세상을 쥐락펴락한 그 누구도 시간을 이기는 이는 없었습니다. 바로 시간 앞에 겸허해야 할 이유입니다.

하지만 세상을 둘러보면 그렇지 않은 사람이 더 많은 것 같습니다. 그들이 한동안 잘나가는 듯이 보여도 그것은 우매한 기준에서나 그런 것입니다. 그들의 시간이 다했을 때 그 누구보다도 후회할 사람들입니다. 그러므로 이제라도 정신을 차려야겠습니다. 스스로 매일 아침 거울을 보며 오늘이 생의 마지막 날인 듯 살리라 다짐했다는 스티브 잡스까지는 아니라

도, 늘 끝을 생각하며 자신을 낮추고 주어진 시간을 열심히 살
아야 하겠습니다.

Ozymandias

I met a traveller from an antique land
Who said: — "Two vast and trunkless legs of stone
Stand in the desert. Near them on the sand,
Half sunk, a shatter'd visage lies, whose frown

And wrinkled lip and sneer of cold command
Tell that its sculptor well those passions read
Which yet survive, stamp'd on these lifeless things,
The hand that mock'd them and the heart that fed.

And on the pedestal these words appear:
"My name is Ozymandias, king of kings:
Look on my works, ye mighty, and despair!"

Nothing beside remains: round the decay
Of that colossal wreck, boundless and bare,
The lone and level sands stretch far away."

by Percy Bysshe Shelley
1818

9

수선화여

로버트 헤릭 (1591~1674)

아름다운 수선화여, 그대 보고 눈물지으니,

　뭐가 그리 급해 서둘러 가시는가

일찍 솟아오른 태양이 아직

　낮의 정점에 도달하지도 못했는데.

　　그대, 머물러 주시구려, 부디 머물러 주시구려,

　서두르는 낮이

　　쉬지 않고 달려와

　저녁 예배에 이를 때까지만이라도.

그러면 우리 함께 기도하고

　우리도 그대 따라가리니.

우리도 그대처럼 머무는 시간이 짧다오,

　우리의 봄도 짧기 그지없어

순식간에 자라서 곧 시들어버린다오.

　그대처럼, 하긴 그 어떤 것인들 안 그렇겠소만,

우리도 죽겠지요

그대의 시간이 짧게 끝나듯, 말라버려서

없어지겠지요

여름비에 지듯 갑자기,

혹은 아침이슬에 맺힌 진주처럼 순식간에

사라져 흔적조차 찾을 수 없겠지요.

To Daffodils

Robert Herrick

Fair Daffodils, we weep to see

   You has te away so soon;

As yet the early-rising sun

   Has not attain'd his noon.

    Stay, stay,

Until the has ting day

  Has run

But to the even-song;

And, having pray'd together, we

  Will go with you along.

We have short time to stay, as you,

  We have as short a spring;

As quick a growth to meet decay,

  As you, or anything.

   We die

As your hours do, and dry

  Away,

Like to the summer's rain;

Or as the pearls of morning's dew,

  Ne'er to be found again.

짧게 피었다 지는 봄날의 수선화에 인생을 비유한 시입니다. 영국에서는 수선화가 우리나라의 개나리처럼 봄의 전령입니다. 영국의 겨울은 우리의 겨울보다 훨씬 을씨년스럽고 으스스하며 축축합니다. 그 겨울 이후 선물처럼 찾아오는 노란 수선화는 겨울을 순식간에 잊게 하는 기적입니다. 더욱이 '가드닝'(정원 가꾸기)이 대중문화인 영국에서는 매년 봄이면 수선화를 심지 않는 집을 본 적이 없습니다. 가지런하게 심어져 샛노란 꽃을 피워 올리는 수선화는 주변 풍경을 맑고 밝게 해줍니다. 그러나 무엇보다 이를 바라보는 사람의 마음을 기쁘게 하지요.

어려서 불렀던 노래, 〈세븐 대포딜〉(Seven Daffodils: 일곱 송이 수선화)을 떠올리며 영국식 정원을 걷다 보면 세상의 시름을 잊기에 충분합니다. 한파는 물러가고 을씨년스럽던 한기도 물러가고, 태양은 높이 솟아올라 이제 찬란한 여름을 기대합니다.

그런데 미인박명이라고 아름다운 모든 것은 빠르게 사라지며 아쉬움을 남깁니다. 그들의 아름다움이 하도 찬란하다 보니 어쩌면 시간이 더 빠르게 지나는 듯 느껴지는지도 모르겠습니다. 인생의 절정도 아름다움만큼이나 짧게 느껴집니다. 화자는 수선화를 향하여, 정오 전에 급히 가지 말고 저녁예배까지는 머물다 함께 가자고 하지요. 이는 인생에 대해서도 젊음의 정점을 지나 노년의 저녁에 이르러 지나온 삶과 다가올 죽음에 대해 경건한 경의를 표하고 싶다는 의미일 것입니다.

이 시는 사실 우리의 인생을 포함하여 '수선화'에 비유된 모든 것, 짧게 머물다 흔적도 없이 사라지는 모든 아름다운 것에 대한 시인의 경건한 예배입니다. 굳이 수선화가 아니라도 아름다운 꽃이 너무 빨리 시드는 것이 싫어 한때 꽃 대신 화분을 사기도 했습니다. 아름다울수록 그 사라짐이 안타까운 것은 만국공통의 정서지요. 지금 삶의 정오에 도달한 그대들이여, 가장 아름다운 시간을 지나고 있음을 잊지 말고 천천히 그리고 깊게 그대들의 최상을 누리기를, 그리하여 오래 그 기억을 간직하며 남은 시간을 경건히 살아주기를 기도해 봅니다.

10

변화무쌍한 세상

퍼시 비쉬 셸리 (1792~1822)

1

오늘 웃는 꽃이

　　내일이면 지고 만다네.

머물기를 원했던 모든 것은

　　유혹하고 이내 달아나네.

이 세상의 기쁨이란 무엇인가?

밤을 비웃는 번개는

　　밝을수록 더 빨리 사라지니.

2

미덕이여, 얼마나 덧없는가!

　　진실된 우정도 드물기만 하구나!

사랑이여, 싸구려 행복을 팔아

　　기껏 기세등등한 절망을 얻는구나!

그러나 우리, 그들이 곧 스러진다 해도,

오래 살아남으리, 그들이 준 기쁨과

　　우리가 우리의 소유라고 불렀던 그 모든 것보다도.

3

하늘이 아직 푸르고 맑은 동안,

　　꽃이 아직 활짝 피어 있는 동안,

밤이 되면 보지 못할 눈이

　　낮의 풍경을 즐기는 동안,

아직 고요한 시간이 은은히 감싸는 동안,

꿈꾸라 그대, 그대의 잠에서

　　깨어나면 흐느껴 울지라도.

Mutability

Percy Bysshe Shelley

1

The flower that smiles today

Tomorrow dies;

All that we wish to stay,

Tempts and then flies.

What is this world's delight?

Lightning that mocks the night,

Brief even as bright.

2

Virtue, how frail it is!

Friendship how rare!

Love, how it sells poor bliss

For proud despair!

But we, though soon they fall,

Survive their joy, and all

Which ours we call.

3

Whilst skies are blue and bright,

Whilst flowers are gay,

Whilst eyes that change ere night
　　　Make glad the day,
Whilst yet the calm hours creep,
Dream thou—and from thy sleep
　　　Then wake to weep.

셸리는 프랑스 혁명에 도취한 낭만주의 시인 중 사회적 이슈를 가장 많이 다룬 시인입니다. 특히 노동문제, 정치적 이슈에 있어서 매우 급진적 사상을 가졌습니다. 그는 18세에 옥스퍼드대학에 입학했으나 무신론적 팜플렛을 출판하고 입장을 철회하지 않아 퇴학당했어요. 어려서 결혼한 본처가 있는데도 《프랑켄슈타인》의 작가 메리 울스턴크래프트 고드윈과 사랑에 빠졌지요. 함께 유럽으로 사랑의 줄행랑을 친, 매우 이단적인 삶의 태도로 악명 높았습니다.

그러나 실제 세상을 대하는 급진적인 태도에도 불구하고 삶을 바라보는 셸리의 태도는 비관주의를 밑바탕에 깔고 있습니다. 그것은 무엇보다 삶에서 영속한 것은 없다는 생각 때문이었는데요. 이 시는 바로 그러한 그의 관점을 잘 대변하고 있습니다. 특히 제목을 바로 'Mutability' 즉, '변화무쌍한 세상'이라 붙이고 시의 초장부터 세상 사람들이 칭송하는 미덕, 사랑, 우정도 변모하고 부질없으며 결국 하루아침에 사라지는 것이라고 말하며 회의주의와 비관주의를 앞세웁니다. 그러나 낭만주의자답게 종국에는 희망과 용기를 버리지 않습니다. 비록 변화무쌍함이 우리의 세상을 지배하여 이들 모두가 스러진다고 해도, 아직 우리가 멋모르고 즐길 수 있는 동안에는 즐기자(=꿈꾸자)고 합니다. 그 꿈에서 깨어나며 우는 한이 있더라도 말이지요. 여기서 셸리가 말하는 '꿈'이란 바로 그가 믿었던 '상상력'의 세계입니다.

30세에 보트 전복으로 익사하였을 때 셸리는 바이런에 의해 "예외 없이, 내가 아는 가장 선하고 비이기적인 사람"이라는 칭송을 받았습니다. 정치사회적으로 급진적인 입장 때문에 생전에 그를 칭송하는 이가 거의 없었으나, 사후 낭만주의를 대표하는 시인으로 평가되었지요. 그러나 이와는 별개로,

그는 시인으로서 삶의 불완전을 구원하는 사랑과 상상력의 힘을 굳게 믿었습니다. 그래서 시인은 세상에 영원한 것은 없으나, 잠자는 찰나의 순간만이라도 그대여 꿈을 꾸라고 하지요. 그리고 세상사 모든 것이 다 스러져도 우리는 살아남으리라는 의미는 '구원'이 아니고는 설명할 수 없겠지요.

보통 우리가 진보적인 이들을 평가할 때 그들의 행동에 엄청난 확신이 있었으리라 추측합니다만, 사실은 그 반대인 경우도 많지요. 셸리는 평생 그 어떤 주장에도 완전한 확신에 이르지 않은 회의적 경험주의자요 이상주의자였습니다. 종교적 또는 철학적 신조를 천명한 적은 없으나 인간의 사랑과 상상력에 의한 구원의 가능성을 믿었던 점에서, 그는 누구보다 종교적이며 철학적인 시인이었습니다.

낮의 죽음

월터 새비지 랜도어 (1775~1864)

밤이 다가오자
      액자 안에 든 내 사진이 어두워지네
젊은 아가씨들과 주름투성이 여인들이
      이제 모두 똑같아 보이네

낮의 죽음이여! 이보다 더 인정머리 없는 죽음이
      예전에 더 심한 악행을 저질렀으니,
가장 아름다운 모습도, 가장 감미로운 숨결도
      그가 모두 데리고 가버렸다네.

Death of the Day

Walter Savage Landor

My pictures blacken in their frames

      As night comes on,

And youthful maids and wrinkled dames

      Are now all one.

Death of the day! a sterner Death

      Did worse before;

The fairest form, the sweetest breath,

      Away he bore.

18~19세기를 살았던 시인은 90세 가까운 장수를 누렸습니다. 한창 청춘일 때 세상을 등진 대표적인 낭만주의 시인들,

키이츠(1795~1821), 셸리(1792~1822), 바이런(1788~1824) 등이 랜도어처럼 장수를 누렸다면 얼마나 주옥같은 시를 많이 썼겠는가 하는 아쉬움이 듭니다. 아이러니라면, 낭만주의 시대를 가장 오래 살았으면서도 랜도어는 낭만주의의 대표 시인으로 꼽히지 않는다는 것입니다. 이유는 랜도어가 영어보다는 라틴어에 더 능숙하여 라틴어로 시를 쓰고 이를 영어로 번역하는 방식을 오래 즐겼기 때문입니다. 결국 영어로 돌아왔지만, 그의 시는 고전적인 주제(육체적 쾌락과 아름다움, 고결한 이상, 숙녀에 대한 아낌없는 찬사, 삶과 사랑의 덧없음 등)를 주로 노래했습니다.

1858년에 발표된 이 시에서도 시인은 대표적인 고전적 주제로서 젊음과 아름다움의 무상함을 다루고 있습니다. 제목의 '죽음'과 '낮'은 단어 그대로의 의미이기도 하면서 세월 속 인생의 무상함, 젊음과 아름다움의 한창때를 은유적으로 의미하는 이중적 용도로 사용되었습니다. 하루의 낮과 밤에 대한 대비로부터 한 세대의 낮과 밤(여기서는 '젊은 아가씨들'과 '주름투성이 여인들')으로, 나아가 세대를 초월하는 낮과 밤(여기서는 생전의 '가장 아름다운 형상'과 '가장 감미로운 숨결' 대 죽음)의 대비로 확장됩니다.

아름다움과 젊음이 가지는 보편적 무상함을 강조하고자 '아가씨들,' '여인들' 같은 인간적인 단어를 피하고 '모습'form이나 '숨결'breath 같은 추상적 단어를 선택했습니다. 그러나 여전히 우리는 그 추상적 '모습'에서 어여쁜 아가씨들과 여인들을, '숨결'에서 삶과 사랑의 기운을 느낍니다. 낮의 죽음과 비할 수 없는 생명의 죽음, 그래서 그것은 '더 인정머리 없는' 죽음입니다. 그래서 이 시의 제목인 낮의 죽음은 심오한 은유를 포함하고 있습니다. 즉, 단순한 시간으로서의 낮이 아니라 우리 생의 젊음과 아름다움의 시간을 의미하는 것이지요. 사진 속 여인네들의 나이를 지우는 낮의 죽음은 시인으로 하여금 그 사진 속 아리따운 여인들이 이제는 죽고 없음을 떠올리게 했을지도 모릅니다. 그래서 그는 낮의 죽음보다 더 잔인하고 가차 없는 죽음을 이야기하며, 결국 삶 역시 밤낮의 교체처럼, 죽음을 피할 수 없다는 깨달음에 이르렀겠지요. 어쩌겠나요 낮과 밤의 교체처럼 영원한 생명의 순환은 진리인 것을요.

저는 고통의 표정을 좋아합니다

에밀리 디킨슨 (1830~1886)

저는 고통의 표정을 좋아합니다.
그것이 진실되다는 것을 알기 때문이지요.
발작은 꾸며낼 수 없고,
단말마의 고통도 흉내 낼 수 없지요.

눈이 빛을 잃으면, 그것은 죽음이니
거짓으로 흉내 내는 것은 불가능하지요,
이마에 맺힌 구슬땀방울은
일그러진 고뇌의 실로 꿴 것이니까요.

I like a look of Agony

Emily Dickinson

I like a look of Agony,

Because I know it's true —

Men do not sham Convulsion,

Nor simulate, a Throe —

The Eyes glaze once — and that is Death —

Impossible to feign

The Beads upon the Forehead

By homely Anguish strung.

'시는 역설이다'라는 명제를 증명이라도 하는 것 같은 시입니
다. 어느 누가 고통의 일그러진 표정을 좋아한다고 하겠어요.

그런데 고통의 표정만은 꾸밀 수가 없고 진실될 수밖에 없기에 좋아한다는 것이니, '아하' 하게 되지요. 거짓이 아니라 진실을 말하려다 보니 도저히 꾸며서는 지을 수 없는 표정을 좋아한다는 거구나. 뒤집어보면, 도대체 얼마나 많은 거짓이 세상에 난무하는지 모르겠다는 신랄한 비판이기도 하지요.

그런데 한 걸음 더 나아가 죽음의 모습, 고통으로 일그러진 임종의 모습과 빛을 잃은 눈은 거짓으로 가장할 수 없기에 진실된 표정이라는 대목에 이르면 단순히 거짓에 대한 비판을 초월한다는 생각이 듭니다. 즉, 발작과 단말마, 그리고 죽음을 포괄하는 '고통'은 삶의 피할 수 없는 본질을 구성한다는 성찰이 엿보입니다. 그래서 처음에 '좋아한다'고 한 것은 진지한 의미에서 '수용한다'는 뜻임을 깨닫게 됩니다.

눈여겨보아야 할 단어가 하나 있습니다. 바로 'homely'라는 단어입니다. 사전적인 의미는 '가정적인, 집 같은, 검소한, 흔히 있는, 절제하는, 못생긴, 보기' 등이 있습니다. 가정이라는 뜻의 'home'이라는 단어에서 파생된 형용사이니까, 가정이 포괄하는 의미가 다 해당됩니다. 그런데 이 뒤에 고통의 의미를 가진 'anguish'를 가져왔습니다. '가정이 요구하는 노동은 끝이 없는 고난의 길'이라는 기본적인 전제가 깔려 있습니다.

자신의 가정을 가져본 이라면 아니 평생 독신으로 지낸 이라도, 밖이든 안이든 가족을 위해 묵묵히 행해야 하는 노동이 무엇인지 압니다. 직장에서 돈을 벌어오거나, 아니면 집에서 가사를 돌보거나 아이를 기르고 부모님을 모시는 일, 매일매일 반복되는 그 흔하디흔한 노동이 어느 정도의 절제와 검소, 흉하디흉한 허드렛일을 감당해야 하는 것인지 너무 잘 이해할 것입니다. 늘 물에 손을 넣고 사는 이의 외모가 아름다울 수가 없는 것은 당연합니다. 디킨슨은 바로 'homely' 한 단어에 이 모든 성찰을 담았습니다. 대단합니다.

시인은 광장공포증이 있어 18세 때부터 집안에 틀어박혀 사람과 거의 교류하지 않으며 평생을 고독하게 보냈습니다. 그녀는 2천여 편에 달하는 시를 썼지만 생전에 12편도 출판하지 않았지요. 그러나 세상과 단절된 삶을 살았다고 해서 직관과 시적 감수성이 무뎌진 것은 아니었음이 분명합니다.

내가 죽음을 위해 멈출 수 없었기에

에밀리 디킨슨 (1830~1886)

내가 죽음을 위해 멈출 수 없었기에
죽음이 친절하게도 나를 위해 멈춰주었네요.
마차는 딱 우리들만 태웠어요.
그리고 불멸도 태웠지요.

우리는 천천히 달렸어요, 죽음은 서두름이란 걸 모르니까요.
나는 미리 내려놓았지요,
나의 노동과 휴식 둘 다,
죽음에 대한 예의였어요.
……(3, 4, 5연 생략)

그날 이후 수백 년이 지났는데
그날 하루보다 짧게 느껴지네요.
나는 진작에 알았거든요, 말머리가
영원을 향해 있다는 것을.

Because I could not stop for Death

Emily Dickinson

Because I could not stop for Death —

He kindly stopped for me —

The Carriage held but just Ourselves —

And Immortality.

We slowly drove — He knew no haste

And I had put away

My labor and my leisure too,

For His Civility —

⋯⋯ (3, 4, 5연 생략)

Since then — 'tis Centuries — and yet

Feels shorter than the Day

I first surmised the Horses' Heads

Were toward Eternity —

이름도 에밀리로 같고 활동 연대도 19세기인 두 여류 시인, 에밀리 브론테와 에밀리 디킨슨의 시적 정서는 상당히 닮아 있지요. 브론테는 영국에, 디킨슨은 미국에 떨어져 있었는데도 말이지요. 디킨슨의 이 시를 읽으면 뒤에서 소개할 브론테의 〈제 영혼은 겁쟁이가 아니랍니다〉가 연상됩니다. 그 시에서 브론테는 자신 안에 현존하는 신의 권위에 불멸의 영생을 의지하고 믿었지요.

이 시에서 디킨슨 역시 죽음 이후의 '영원'의 세계를 노래합니다. 그러나 종교적인 신념이나 절대자에 대한 의지는 드러내지 않습니다. 총 6개의 연으로 이루어진 이 시의 번역에서 생략된 부분은 3, 4, 5연입니다. 여기서는 시인이 죽음과 마차를 타고 가며 지나치는 이생의 마지막 풍경, 즉 기억에 대한 기록입니다. 학교와 들녘, 저무는 해와 아침이슬, 거미집, 그리고 '집'이라고 불렸지만 죽은 이를 위한 무덤의 묘사가 이어집니다. 그리고 마지막 연은 저승에서 수백 년이 지난 시점에서 쓰였지요.

죽음의 세계는 영원의 세계이므로 '그날 이후' 수백 년이 지났으나 이생에서의 그 하루보다 짧게 느껴진다는 소회입니다. 이는 죽음의 세계가 가지는 영원성에 대한 언급인 한편, 역설적으로는 결코 비교될 수 없는 이생의 의미를 강조한 것이기도 합니다.

　기억은, 특히 시간에 대한 기억은 매우 주관적이라고 하지요. 하루라도 내게 의미 있었다면 의미 없는 일 년보다 더 중요하게 기억에 자리를 잡는다고 합니다. 아무리 영원이 좋아도 평탄하고 심심하게 보낸 수백 년이 이생에서의 마지막 날이었던 그날보다 짧게 느껴진다면, 그것은 우리가 바랐던 '영원'의 세계가 맞을까요?

　다채로운 삶으로 가득한 이 세상의 애틋한 경험이나 별 대단한 기억이 없는 죽음의 세계는 '영원'의 세계라 할지라도 무슨 의미가 있을까요? 노동과 휴식이 부재한 그곳의 수백 년은 이곳의 하루만도 못한 것 아닐까요? 그래서 디킨슨의 시는 죽음의 영원성을 노래하는 중에도 생에의 강한 긍정을 담고 있습니다. "내가 죽음을 위해 멈출 수 없었다"는 제1연의 의미는 영원이 없는 이생의 삶에 대한 시인의 미련뿐만 아니라 우리 모두의 보편적인 미련을 의미하는 것이 아닐까요.

당신이 저를 만드시고 당신의 역작이
노쇠하게 두시렵니까?

-〈성 소네트〉Holy Sonnets 연작 중 1-

존 던 (1572~1631)

당신이 저를 만드시고 당신의 애써 만든 역작이 노쇠하게
　　두시렵니까?
지금 당장 저를 회복시켜 주세요, 저의 종말이 서둘러 오고
　　있습니다.
저는 죽음을 향해 달리고 있고 죽음도 아주 빠르게 저를
　　만나러 오고 있으니,
모든 쾌락이 마치 어제의 일 같습니다.
도저히 저의 침침한 눈을 어디에 두어야 할지 모르겠습니다.
뒤에는 절망이 앞에는 죽음이 던지네요,
엄청난 두려움을, 그리고 저의 나약한 육체는
죄악으로 소진되어 지옥으로 기울고 있습니다.
오직 하늘에 계신 당신, 당신이 허락하신다면
저는 당신을 바라보고 다시 살아갈 수 있습니다.

하지만 우리의 숙적, 교활한 사탄이 저를 유혹하네요.

그러니 단 한 시간도 저 자신을 지탱할 수 없습니다.

부디 당신의 은총으로 제게 날개를 달아 그의 술수를 피하게 하시고,

제게서 화강석같이 단단한 철심장을 끌어내 주세요.

Holy Sonnets: Thou hast made me, and shall thy work decay?

John Donne

Thou hast made me, and shall thy work decay?

Repair me now, for now mine end doth haste;

I run to death, and death meets me as fast,

And all my pleasures are like yesterday.

I dare not move my dim eyes any way,

Despair behind, and death before doth cast

Such terror, and my feeble flesh doth waste

By sin in it, which it towards hell doth weigh.

Only thou art above, and when towards thee

By thy leave I can look, I rise again;

But our old subtle foe so tempteth me

That not one hour myself I can sustain.

Thy grace may wing me to prevent his art,

And thou like adamant draw mine iron heart.

존 던은 젊어서는 전쟁터를 누볐습니다. 마흔세 살이 되어서
야 비로소 사제서품을 받고 성 바오로 대성당의 사제장으로
만년을 보냈지요. 그의 시는 대부분 사후에 출판되었는데 우
리는 그의 시에서 두 얼굴을 마주하게 됩니다. 사랑과 열정에
들떠 쾌락을 좇는 혈기 왕성한 이와 신 앞에 인간적 나약함과
고뇌를 고백하며 구원과 은총을 구하는 이입니다.

이 시에는 한때 '카르페 디엠'(carpe diem, 현재를 즐기라)을 예

찬하던 패기 넘치는 젊은이는 없습니다. 노년을 맞아 젊은 날의 쾌락은 어제의 일일 뿐임을 자각하는 노인이 있을 뿐입니다. 그러나 여전히 미혹함을 떨치지 못하는 나약한 인간적 고백과 탄식도 있습니다. '격세지감'이 따로 없지요. 하지만 이 시가 시대를 초월하여 위안을 주는 것은 이러한 인간적 솔직함에 있습니다.

노년이니 사제장 시절에 썼겠지만 이 시는 성직자에게 흔히 기대되는 경건한 신앙고백이 아닙니다. 삶의 쇠망과 죽음에 대한 두려움 앞에서조차 끈질기게 되살아나는 유혹과 죄에 대한 고백입니다. 성직자로서가 아니라 미욱한 인간으로서 지극히 정직한 고백입니다.

이 시는 상투적인 종교시를 넘어서고 있습니다. 신 앞에 엎드려 단순히 복종을 서약하고 구원을 갈구하는 대신, 아이처럼 부탁도 하고 투정도 하지요. "나의 창조주이면서 이렇게 늙어 죽게 그냥 둘 거냐, 나를 당장 회복시켜 생명을 달라"고 오히려 항의하는 태도는 다분히 종교시의 관례에서 벗어나 있습니다. 하지만 병마와 싸우거나 죽음을 앞두게 된다면, 누구나 창조주를 향해 한 번쯤은 던지고 싶은 원망이며 항의이자 응석이겠지요. 저 또한 엄청난 시련을 당했을 때, '하느님, 당

신은 도대체 뭘 하고 계셨나요? 이제라도 어서 빨리 회복시켜
주세요'라고 투정했으니까요.

15

지난번 라일락이 앞마당에 피었을 때

월트 휘트먼 (1819~1892)

1

지난번 라일락이 앞마당에 피었을 때

그리고 서쪽 밤하늘에 위대한 별이 때 이르게 졌을 때

나는 슬프게 애도했었지. 그리고 이제 매년 돌아오는 봄과 더불어
　애도하리라.

해마다 찾아오는 봄이여, 내게 반드시 세 가지를 가져오리니,

해마다 피어나는 라일락과, 서녘 하늘에 지는 별과

내 사랑하는 그에 대한 생각이라.

2

오 서녘으로 떨어진 강력한 별이여!

오 밤의 그늘, 오 비통한 슬픔에 젖은 밤이여!

오 위대한 별이 사라졌네, 오 그 별을 가리는 검은 우울이여!

오 나를 무력하게 붙잡는 잔인한 손이여,

오 어쩌지 못하는 내 영혼이여!

오 내 영혼을 에워싸고 풀어주지 않는 모진 구름이여!

16

......

이제 그대 위한 노래를 거두리.

서녘의 그대를 응시하고 서쪽을 바라보는 일도 그대와

　교제하는 일도 모두 거두리,

오 밤하늘에 빛나는 은빛 얼굴을 한 동지여.

그러나 밤이 회복시키는 그 모든 것을 하나하나 간직하리.

회갈색의 새가 불러준 노래, 경이로운 성가,

내 영혼 속에 메아리를 불러오며 기록하는 성가,

고통에 찬 얼굴을 가진 저 서녘으로 지는 밝은 별과 함께

새의 부름에 가까워져 가며 내 손을 잡아주는 이들과 함께

나의 동지들과 중앙에 선 나, 그리고 영원히 간직할 그들에

　대한 기억을 간직하리, 내가 그토록 사랑했던 사라진 이들을 위해,

나의 나날과 나의 땅에서 가장 아름답고 현명했던 영혼을 위해,

　또한 친애하는 그에게 바치는 이 시를 위해,

나의 영혼의 성가와 뗄 수 없이 뒤엉켜 있는, 저기 향기로운 솔나무와

백향목 사이에서 어둑어둑 희미해지고 있는 라일락과 별과 새를 위해.

When Lilacs Last in the Dooryard Bloom'd

Walt Whitman

1

When lilacs last in the dooryard bloom'd,

And the great star early droop'd in the western sky in the night,

I mourn'd, and yet shall mourn with ever-returning spring.

Ever-returning spring, trinity sure to me you bring,

Lilac blooming perennial and drooping star in the west,

And thought of him I love.

2

O powerful western fallen star!

O shades of night—O moody, tearful night!

O great star disappear'd—O the black murk that hides the star!

O cruel hands that hold me powerless—O helpless soul of me!
O harsh surrounding cloud that will not free my soul.

16

......

I cease from my song for thee,

From my gaze on thee in the west, fronting the west,
   communing with thee,

O comrade lustrous with silver face in the night.

Yet each to keep and all, retrievements out of the night,

The song, the wondrous chant of the gray-brown bird,

And the tallying chant, the echo arous'd in my soul,

With the lustrous and drooping star with the countenance
   full of woe,

With the holders holding my hand nearing the call of
   the bird,

Comrades mine and I in the midst, and their memory ever to
   keep, for the dead I loved so well,

For the sweetest, wisest soul of all my days and lands —
     and this for his dear sake,
Lilac and star and bird twined with the chant of my soul,
There in the fragrant pines and the cedars dusk and dim.

이 시는 1865년 4월 14일 에이브러햄 링컨 대통령의 피살 직후 바로 쓰여진 추모시 연작 중 일부입니다. 라일락에 링컨을 투영하며 그 비참한 애도의 감정을 표현했습니다. 인간 존재에 신성이 깃들어 있다는 믿음대로, 시인은 갑작스럽게 맞게 된 사랑하는 이의 때 이른 죽음을 애도하면서도 해마다 피어나는 라일락을 보며 신이 그를 돌려보낸 것이라 생각하겠다합니다. 시인은 링컨을 투사한 상징들, 라일락, 밤하늘의 별과 애도의 성가를 부르는 새와 시인 자신의 합일을 상상합니다. 그 모든 것이 결국은 하나라는 깨달음 안에서 애도의 감정을 승화시키고 있습니다.

링컨의 육신이 죽어 사라져도 라일락과 노래하는 새와 빛나는 별이 때가 되면 찾아오고 시인의 이 시행에 기록되는 한, 그는 산 자와 죽은 자를 이어주며 여기에 그리고 모든 곳에 언제나 존재한다는 것입니다. 저는 1980년 광주민주화항쟁에 대해 깊은 부채 의식을 가졌던 세대입니다. 이후의 지속적인 민주화로 인해 그 부채 의식이 희석되어 갈 무렵 세월호 참사가 일어났습니다. 새로운 부채 의식으로 팽목항 아이들의 기억이 채 치유되기 전에 10·29 이태원 참사가 발생했습니다.

인간의 삶이 지속되는 한 예기치 못한 재난과 죽음은 도처에 있을 것입니다. 그러나 우리는 충분한 '애도'를 하지 못했습니다. 민주화에 의해 광주에 대한 애도가 이루어졌듯이, '공적인 승화'에 의해서만 세월호와 이태원 참사의 애도가 완성될 것입니다. 더불어 사는 세상에서는 한 사람의 장애조차 오로지 그의 책임일 수 없습니다. 누구에게나 올 수 있는 일이라고 공감하기에 그들을 보살피고 우대하는 것입니다. 하물며 한 개인의 장애도 죽음도 아니고, 집단의 죽음을 어떻게 개인적인 일이라고 치부할 수 있겠습니까?

우리는 그동안 팽목항과 이태원에서 사라진 이들을 위해 어떤 공적인 진혼을 했던가요? 어떻게 해야 그들의 죽음을 공적으로 승화시키고, 이 시에서처럼 우리의 '동지'로서 영원히 함께한다는 '영혼의 성가'를 그들에게 불러줄 수 있을까요? 그러려면 최소한 그들을 잊지 않고 해마다 그때가 되면 새로이 기억해야 하는 것 아닐까요? 그리고 그 추모를 완성하기 위해 다시는 반복되지 않을 공적 시스템을 구축해야 하지 않을까요?

성공은 가장 감미롭지요

에밀리 디킨슨 (1830~1886)

성공은 가장 달콤하게 여겨지네,
한 번도 성공해 보지 못한 이들에 의해서.
천국의 주스 맛을 느끼려면
타는 갈증을 겪어야 하기 마련이라.

오늘 승리의 깃발을 꽂은
영예로운 군인 그 누구도
승리의 의미를 정확하게
정의하지 못하리.

전쟁에 패하여 죽어가며
자신의 귀에는 금지된
저 아득히 먼 데서 터져오는 적의 승전고 소리를
고통스럽게 생생히 들어본 병사가 아니라면!

Success Is Counted Sweetest

Emily Dickinson

Success is counted sweetest

By those who ne'er succeed.

To comprehend a nectar

Requires sorest need.

Not one of all the purple Host

Who took the Flag today

Can tell the definition

So clear of victory

As he defeated – dying –

On whose forbidden ear

The distant sttrains of triumph

Burst agonized and clear!

무릎을 탁 치게 하는 시 아닌가요. 세상에서 자신을 스스로 격리하여 홀로 살아온 시인에게 어떻게 이런 시적 감수성과 상상력이 나오는지 감탄할 따름입니다. 특히 마지막 연이 압권이지요. 패배하여 전장에 누워 죽어가는 병사의 귀에 아련하지만 분명히 들려오는 적의 승전고보다 더 고통스러운 소리는 없다는 것, 그리고 그렇게 처절하게 죽어가는 그보다 더 승리의 의미를 정확히 정의할 수 있는 이는 없다는 것, 정말로 대단한 통찰력입니다. 모든 것의 가치는 그것이 부재할 때 비로소 확인되는 것이지요.

우리는 끊임없이 목표를 세우고 추구하며 살아갑니다. 아직 목표에 닿지 못했을 때가 가장 절실한 시기이지요. 일단 얻고 나면 더 이상 목표가 되지 못하고 우선순위에서도 밀려납니다. 그래서 자본주의 시대에는 돈이 많을수록 행복한 게 아닙니다. 최고의 사랑을 쟁취했다고 해서 동화처럼 죽을 때까지 행복하게 사는 것도 아닙니다. 언젠가 들었는데 사랑의 유효기간이 기껏 1년 반에서 2년 반이라고 하지요. 죽도록 사랑하네 했던 사랑도 결혼 후 급냉각한다고 합니다. 이렇듯 우리네 삶은 성공과 실패로 점철되어 있을 뿐 아니라 성공 후에도 시간이 흐르면 시들기 마련이어서 성공만 하는 사람도 실패만 하는 사람도 없는 것이지요.

그러니 삶의 반전과 역설을 이해해야 합니다. 가장 높이 올랐을 때 내려갈 준비를 하고 가장 낮을 때 올라갈 희망을 붙잡아야 하지요. 이 세상에서 영원한 것도, 변하지 않는 것도 없습니다. 죽어가는 패잔병의 가슴 아픈 고통처럼 삶에는 여기저기 예기치 못한 함정이 도처에 도사리고 있습니다. 그의 패배와 그의 죽음은 그의 잘못이 아닙니다. 그의 노력이 부족해서가 아니지요. 운명은 투명하지 않아 보입니다. 그러나 앞일을 미리 볼 수 없어도, 그 결과가 보장되지 않아도, 다만 최선을 다하는 것이 우리가 해야 할 일이지요. 결국 운명이 누구 손을 들어줄지는 아무도 모르지만, 준비되지 않으면 명단에 낄 수도 없을 테니까요.

예전에 있었던 일

카운티 컬린 (1903~1946)

예전에 볼티모어 구시가를 달리며
기뻐서 가슴이 벅차고 마음도 뿌듯했는데
볼티모어 토박이 한 놈을 보았어요,
나를 뚫어져라 쳐다보고 있더군요.

나는 고작 여덟 살이었고 아주 꼬마였지만
그 자식이라고 나보다 더 큰 백인 놈도 아니어서
조용히 웃어주었지요. 그랬더니 그 자식이 낼름
혀를 내밀더니 "검둥아" 하고 욕을 하더군요.

나는 그해 5월부터 12월까지
볼티모어를 구석구석 쏘다녔지만
거기서 겪은 일 중에서
유독 이것만 기억이 나는군요.

Incident

Countee Cullen

Once riding in old Baltimore,

Heart-filled, head-filled with glee,

I saw a Baltimorean

Keep looking straight at me.

Now I was eight and very small,

And he was no whit bigger,

And so I smiled, but he poked out

His tongue, and called me, "Nigger."

I saw the whole of Baltimore

From May until December;

Of all the things that happened there

That's all that I remember.

8세 아이라면 아직은 인종이니 편견이니 차별이니 이런 거창한 용어 뒤에 숨은 사람의 마음을 이해하지 못합니다. 이 시는 그런 8세 어린아이의 기억 속에 각인되어 남아 있던 차별의 경험을 얘기하고 있습니다. 예전에 영국에서 유학하던 시절, 바닷가로 소풍을 간다는 딸아이에게 김밥 도시락을 싸주었습니다. 그런데 소풍에서 돌아온 아이가 제 품에 안기어 펑펑 울더군요. 영국 아이들이 "멍청한 인디언"Stupid Indian이라고 놀리고 도시락에 침을 뱉었다고요. 그러더니 갑자기 "나는 왜 피부가 하얗지 않아?"라고 물었어요. 백인이 다수인 사회에 속한 유색인종 부모로서 참 처참한 기분이 들었지만, 그래도 내 아이는 안겨 울 부모가 있었습니다. 부모조차도 없는데 차별받는 아이들을 생각하면 한없이 미안해지고 뭔가 괜스레 제가 잘못한 것 아닌가 하는 마음이 듭니다.

이 시의 화자는 아주 예전의 기억을 더듬어보며 그가 볼티모어에 처음 갔을 때의 기분을 소환합니다. 새로운 장소, 큰 도시에 와서 느끼는 흥분과 호기심으로 마음이 벅찼지요. 그래서 볼티모어를 그해 내내 쏘다녔지요. 그런데 그중에서 유독 디테일이 생생히 남아 있는 기억이 있습니다. 뭔지 몰라도 불편했던 눈초리, '너와 나는 다르거든'이라는 메시지를 보내는 시선의 대상이 되고, 급기야는 "깜둥이"라고 '낙인' 찍혔던 경험, 그때 느꼈던 설명할 수 없는 상처의 기억입니다.

우리 중 상당수는 피부색이나 장애처럼 눈에 띄는 '다름'이 아니어도 살아가며 차별을 당한 경험이 있을 것입니다. 쓰고 더럽고 비참하고 화나는 경험, 그 경험의 기억이 가하는 상처를 덮어가며 살아갑니다. 그러나 그렇다고 잊혀지는 것은 아니지요. 인간과 인간 사이의 감정은 굳이 말로 설명하지 않아도 전 존재로 느끼는 것이라 여덟 살의 꼬마가 느꼈던 감정은 온전한 감정이었고, 이는 그의 기억 속에 각인되었습니다. 결코 길지 않은 삶에서 피부색이나 장애처럼 당사자의 잘못이 아닌 일에 굳이 상처를 내고 소금까지 뿌리며 살 일인가요?

전쟁 시인들은 다 어디 갔나요?

세실 데이 루이스 (1904~1972)

어리석어서 아니면 순전히 탐욕으로
종교·시장·법을 노예화한 그들이
이제 우리의 언어를 차용해서 명령합니다.
자유의 명분을 위해 나서 달라고.

그것이 이 시대의 논리랍니다.
불멸의 시를 위한 주제는 결코 아니지요.
정직한 꿈을 꾸며 살아왔던 우리가
최악을 피하고자 차악을 방어해야 한다는군요.

Where Are the War Poets?

C. Day Lewis

They who in folly or mere greed

Enslaved religion, markets, laws,

Borrow our language now and bid

Us to speak up in freedom's cause.

It is the logic of our times,

No subject for immortal verse –

That we who lived by honest dreams

Defend the bad against the worse.

정확히 우리 시대의 추한 자화상을 노래한 듯해서 움찔했습니다. 어쩌면 이리 똑같을까요?

  어리석음에서 그랬든, 아니면 탐욕에서 그랬든 권력자들은 종교·시장·법을 노예화하여 자기 편의대로 부립니다. 역사의 준엄한 심판을 모른다면 어리석은 것이고, 탐욕에 의해서라면 사악한 것입니다만, 대개 둘 다 결합된 경우가 많습니다. 그들은 게다가 시인의 언어, 아니 민중의 언어를 차용해서 자유라는 그럴듯한 명분을 내세우며 싸우라고 독려하지만, 결국 자유가 아니라 그들의 이권을 지키기 위한 것이지요. 최악을 피하려면 차악이라도 지키라고 합니다.

어디선가 많이 들어본 논리지요? 해괴하기가 짝이 없습니다. 악이라면 최악이든 차악이든 피해야 하는 것이 맞지요. 문제는 그들이 언론까지 틀어쥐고 이를 선전 선동하는 경우입니다. 역사가 말해주듯 일제 강점기에 지식인들조차 친일을 하며 일본이 시작한 '대동아전쟁'(태평양전쟁을 일본정부가 호칭한 것)에 나가 싸우라고 부추겼지요.

어수룩한 백성은 이처럼 교활한 논리에 넘어가 권력자들의 손발이 되어주고, 심지어 죽음도 불사하며 전장에서 목숨 바쳐 싸웁니다. 이 시의 작시 연대가 1943년이니 2차 세계대전을 배경으로 하고 있습니다. 전쟁이라는 최악을 피하기 위해 노력하는 대신 차악을 지키라니, 그러니 차악을 위해 목숨을 걸고 싸우라니, 도대체 누구를 위한 전쟁이요 자유인가요?

이러한 관점에서 시의 제목을 곰곰이 생각해볼 필요가 있습니다. "전쟁 시인들은 다 어디 갔나요?" 불멸의 시를 위한 주제를 가지고 권력자의 논리를 반박할 이들, 정직한 꿈을 꾸며 살아온 이들을 대변할 시인들은 다 어디 갔나요? 그들 역시 권력 아래 노예처럼 빌붙어 있나요? 아니면 1차 세계대전 중 실제 수많은 전쟁시인이 그랬듯이 전쟁터에서 모두 전사했나요? 화자의 한탄과 질책의 목소리가 들리는 듯합니다.

놀랍지도 않지만, 정직과 불멸을 말하는 종교, 공정한 경쟁과 성공을 말하는 시장, 정의와 심판을 말하는 법이 언제나 권력에 의해 지배당해 왔던 게 어제오늘의 일이 아닙니다. 성경이 기록하듯이 2천 년 전에도 종교·시장·법은 권력자의 하수인이었습니다. 최악을 피해야 하니 차악을 방어하자? 참으로 영악하고 사악한 권력자들의 속임수입니다.

쓰디쓴 나무열매

스털링 A. 브라운 (1901~1989)

그들이 할머니에게 말했어요. "원망하지 말거라."

그들이 그녀의 첫아들을 내다 팔고, 둘째 아들이 죽도록

　내버려 두었을 때,

그들이 할아버지를 몰아서 늪지대까지 쫓겨갔을 때,

마침내 피투성이가 된 그를 끌고 돌아왔을 때,

그들은 할머니에게 말했어요, "원망하지 않는 게 상책이야.

누군가는 일하고 고통받아야 우리가 산다구.

용서는 고귀한 거야, 원망은 이교도나 하는 짓이지.

이것이 너희 운명인 거야. 그러니 원망할 자격도 없는 거지."

그렇게 말하고 그들은 그녀의 오두막을 떠나 자기들의

　저택으로 갔어요.

그들이 나의 아버지에게 말했어요. "원망하지 말거라."

그가 쟁기질하며 남의 곡식을 심었을 때,

그가 자신이 살아보지 못할 집을 보수하고

그가 자신은 먹지 못할 곡식을 저장해둘 때,

그들은 그의 질문에 이렇게 답했어요. "네가 관심 둘 바가 아니야.

네가 알아봤자 이해도 못 할 테니까.

너는 한 가지만 알면 돼. 원망해서는 안 된다는 것."

그리고 웃으면서 그들은 수확물을 세러 갔어요.

나의 아버지는 추수를 마친 너른 들녘에 나가서

살을 에는 찬바람을 맞으며 곧 추위가 닥칠 거라는 경고를 받았지요.

Bitter Fruit of the Tree

Sterling A. Brown

They said to my grandmother: "Please do not be bitter,"

When they sold her first-born and let the second die,

When they drove her husband till he took to the swamplands,

And brought him home bloody and beaten at last.

They told her, "It is better you should not be bitter,

Some must work and suffer so that we, who must, can live.

Forgiving is noble, you must not be heathen bitter;

These are your orders: you *are* not to be bitter."

And they left her shack for their porticoed house.

They said to my father: "Please do not be bitter,"

When he ploughed and planted a crop not his,

When he weatherstripped a house that he could not enter,

And stored away a harvest he could not enjoy.

They answered his questions: "It does not concern you,

It is not for you to know, it is past your understanding,

All you need know is: you must not be bitter."

And they laughed on their way to reckon the crop,

And my father walked over the wide garnered acres

Where a cutting wind warned him of the cold to come.

조부모와 부모 세대로 이어졌던 노예제도의 가혹함이 고스란히 축약된 시입니다.

인종차별을 고착시킨 악명 높은 두 분리 정책, 미국의 짐 크로 법^{Jim Crow Law}과 남아프리카의 인종차별 정책^{Apartheid}이 사라진 것도 그리 오래되지 않았습니다. 인종을 떠나서 지구의 반인 여성의 참정권 획득도 20세기에 들어와서야 이루어졌으니까요. 우리가 민주주의의 효시라고 하는 아테네의 민주주의에도 노예는 물론 여자의 자리는 전혀 없었습니다.

억압과 차별이 난무했던 시대는 물론 민주주의의 전성기를 구가한다는 현재까지 사회에는 늘 억압하는 자와 억압당하는 자가 있습니다. 억압자들은 빈틈없이 논리를 세워왔지요. '용서', '원망', '운명'이라는 말은 그 자체로는 무해하지요. 하지만 현실과 결합하면 가장 잔인하고 가혹한 억압의 프레임이 되기도 합니다. "용서는 고귀한 거야, 원망은 이교도나 하는 짓이지." 어디서 유사한 말을 들어본 것 같습니다. 흉악한 범죄자에게 아이를 잃고 우는 엄마에게 이 말을 했다고 생각해

봅시다. 영화 〈밀양〉에서 아이를 잃은 엄마가 떠오르는군요. 신 앞에 무릎 꿇고 참회하였으니 용서받았다고 주장하는 살인자에게 그녀가 울부짖던 장면이 겹칩니다. "내가 용서하지 않았는데 신에게 용서받았다고?" 아들을 죽인 범인을 용서하려고 감옥으로 그를 찾아간 주인공은 살해범의 이 한마디에 미쳐버리지요.

　세상에는 용서받지 못할 일이 존재합니다. 이때 용서는 인간의 몫이 아니라 신의 몫입니다. 사람들이 많이 착각하는 것 중의 하나인데요. 신이 용서한다고 해서 죄와 벌이 전혀 없던 일이 되는 것이 아닙니다. 성경의 사무엘 하 11장에 보면, 골리앗과의 싸움으로 유명한 그 다윗왕이 충신 우리아Uriah의 아내 밧세바Bathsheba를 취하고자 살인을 교사하는 끔찍한 악행이 나옵니다. 분노한 신 앞에 무릎을 꿇고 잘못을 시인하고 참회하며 용서를 구하는 다윗을 하느님은 '용서'합니다. 그러나 그가 저지른 죄에 합당한 벌을 내립니다. 용서 이전에 신이 언급한 바대로, 다윗이 가장 사랑하는 아들로 하여금 왕위가 찬탈되게 하고 그의 후궁들을 그 아들이 범하게 하고 종국에는 그 아들의 목숨을 앗아갑니다. 다윗과 밧세바 사이에 낳은, 다윗이 가장 사랑한 아들 아히토펠Achitophel입니다.

이처럼 '용서'에는 죄의 대가에 대한 '사면'이 포함되는 것이 아닙니다. 영화 〈밀양〉에서 살인자가 "나는 이미 하나님께 회개하고 용서받았습니다"라고 한 말은 말 그대로 'bullshit'엉터리, 헛소리입니다. 그러므로 우리는, 특히 죄를 범한 우리는 '용서'라는 말을 쉽게 써서는 안 됩니다. 그리고 이 시와 마찬가지로 누가 누구에게 함부로 '이교도'라는 딱지를 붙여서 갈라치기를 해서도 안 됩니다. 사악한 의도의 갈라치기는 언제나 어디에서나 있었습니다. 시의 제목인 '쓰디쓴' 나무열매는 화자 본인을 지칭하지만, 이 시를 읽는 우리의 마음도 쓰디씁니다. 향기롭고 달콤한 열매를 맺기 위해 노력해야 하겠습니다.

십자가

랭스턴 휴즈 (1902~1967)

내 아버지는 백인이라오
그리고 내 어머니는 흑인이지요.
내가 내 백인 아버지를 저주한 적이 있다면
이제 거둬들이렵니다.

내가 내 흑인 어머니를 저주한 적이 있다면,
지옥에나 가라고 바란 적이 있다면,
그 악담을 후회합니다.
그리고 이제는 그녀가 잘 지내기를 소망합니다.

내 아버지는 멋진 저택에서 돌아가셨다오,
어머니는 누추한 오두막에서 돌아가셨고요,
나는 어디서 죽을지 참 궁금하군요,
백인도 흑인도 아니니까요!

Cross

Langston Hughes

My old man's a white old man

And my old mother's black.

If ever I cursed my white old man

I take my curses back.

If ever I cursed my black old mother

And wished she were in hell,

I'm sorry for that evil wish

And now I wish her well.

My old man died in a fine big house.

My ma died in a shack.

I wonder where I'm gonna die,

Being neither white nor black?

절제된 감정으로 담담하게 쓴 시입니다. 그러나 미국의 노예 제도와 관련한 역사적 장면들이 겹치며 복잡하고 슬픈 감정을 불러옵니다. 감정의 분출보다는 절제가 우리의 심금을 더 크게 울리지요. 백인 주인과 흑인 노예 사이에 태어나 혼혈 노예 신분으로 살아온 화자의 십자가가 보이는 듯합니다.

폭풍 같은 의문과 회의와 억울함이 그의 삶을 휩싸고 맴돌았겠지요. 생물학적 아비인 백인 농장 주인의 무정함도, 키워준 흑인 노예 어미의 가련한 처지도 모두 원망스러웠고 저주스러웠을 겁니다. 그 분노의 시간이 지나고 화자는 이제 '평정심'에 도달한 듯합니다. 부모에게 각각 가했던 저주를 거두어들이고 평생 노예로 짓밟혔던 어미에겐 특별히 명복을 빌어주지요.

그러나 그의 '평정심'은 아직 완성되지 않았습니다. '저택'과 '오두막'을 각각의 상징으로 대비시키며 그는 여전히 자신이 속한 곳이 어디인지 반문합니다. 시인 랭스턴 휴즈는 20세기가 시작하는 1902년에 태어나 1967년에 사망했습니다. 노예

해방이 공식적으로 마무리된 이후에 태어나서 흑인인권운동이 한창이던 시기에 떠나갔습니다. 그런데도 그는 65년 평생 동안 진정한 노예해방을 보지 못했습니다. 케네디 대통령과 말콤 X의 암살을 지켜보아야 했고, 마틴 루터 킹 목사는 휴즈가 사망한 다음 해인 1968년에 암살되었습니다.

삶의 기본 축은 문화입니다. 노예해방이 선언되었다고 바로 해방이 이루어지는 게 아닙니다. 문화는 하루아침에 변하는 것이 아니니까요. 우리 각자의 마음속에 깊이 뿌리 박힌 편견이 사라지고 사회의 다수가 이를 수용하여 그것이 주류문화로 자리 잡아야 비로소 해방이 오는 것입니다. 지금도 도처에서 편견이 자유를 얽매고 있습니다. 정직한 눈으로 모든 억압받는 생명체를 향해 지금 당장 편견을 거둘 일입니다.

세상이 참 너무합니다

윌리엄 워즈워스 (1770~1850)

세상이 참 너무합니다. 늦게까지 벌어서

때 이르게 써버리느라 우리의 힘을 헛되이 소진시킵니다.

우리의 것인 위대한 자연을 제대로 보지 못하고.

마음마저 싸게 팔아왔으니, 더러운 선물이여!

달님을 향해 젖가슴을 풀어헤친 이 바다,

늘 회오리치며 울부짖는 이 바람,

지금은 잠자는 꽃처럼 한데 모여 잠잠한데,

우리는 이 모든 것과 어울리지 못합니다.

우리의 마음을 감동시키지 못합니다. 위대한 신이시여,

저는 차라리 웃자라버린 믿음을 빨아먹는 이단이 되렵니다.

그래서 확 트인 이 목초지 위에 서서

저의 외로움을 달래줄 풍경을 돌아보겠습니다.

바다에서 솟아오르는 프로테우스를 보거나,

늙은 트리톤이 불어대는 꽃 장식한 뿔소라 소리를 들으렵니다.

The World Is Too Much with Us

William Wordsworth

The world is too much with us; late and soon,

Getting and spending, we lay waste our powers;

Little we see in Nature that is ours;

We have given our hearts away, a sordid boon!

This Sea that bares her bosom to the moon,

The winds that will be howling at all hours,

And are up-gathered now like sleeping flowers,

For this, for everything, we are out of tune;

It moves us not. —Great God! I'd rather be

A Pagan suckled in a creed outworn;

So might I, sttanding on this pleasant lea,

Have glimpses that would make me less forlorn;

Have sight of Proteus rising from the sea;

Or hear old Triton blow his wreathèd horn.

'세상이 너무하다'는 것은 '세상을 감당하기 힘들다'는 의미입니다. 이때의 세상은 물질적 세계, 즉 산업혁명기 물신주의와 배금주의가 우리의 건강한 삶을 해칠 정도로 전락한 세계를 말합니다. 밤늦도록 벌었으나 다음 날이면 일찌감치 다 써버리고 마는 인생입니다. 1807년에 발표된 이 시는 당시 1차 산업혁명으로 인해 만연한 물질만능주의를 비판하고 자연과의 조화로운 삶과 고결한 정신을 강조하고 있습니다.

본래 우리는 자연과 하나였는데, 이제 우리는 자연과 괴리되어 소중한 은혜인 마음을 여기저기 줘버리며 낭비해 왔지요. 바다는 바다대로 바람은 바람대로 제 할 일을 하는데, 이들 자연과 인간은 화음을 이루지 못합니다. 왜냐하면 매일매일 시간에 쫓기며 돈을 벌어 써버리는 데 혈안이 되어 있기 때문입니다. 자연이 우리에게 주었던 고결한 마음을 기껏 물질적 이득이라는 하찮고 더러운 혜택을 입고자 여기저기 값싸게 나누어 줬습니다. 그래서 자연과의 교감을 상실하고 이제는 더 이상 움직이지 않는 마음, 즉 '감동하지 않는' 마음이 되었습니다.

이 시의 초점은 바로 여기에 있습니다. 바이런이 그의 시와 삶으로 보여주었듯 낭만주의의 생명은 열정입니다. 그런데 움직이지 않는 마음, 즉 감동하지 않는 마음이니 열정이 없는 마음이지요. 그래서 시인은 차라리 케케묵은, 이제는 힘을 잃고 철 지나버린 고대의 믿음인 신화의 세계로 돌아가겠다고 투정합니다. 최소한 거기에는 지금 시인이 느끼는 답답함을 확 트이게 하고 외로움을 날려줄 희망과 믿음이 있으니까요. 시인이 수많은 신화의 인물 중에서도 특별히 프로테우스와 트리톤을 콕 집어서 언급한 것은 바로 이들이 가진 예언적 능력 때문입니다.

낭만주의 시대는 시인을 단순히 언어의 연금술사로만 아니라, 미래를 내다보는 예언적 능력을 가진 선지자 - 시인poet-prophet으로 생각했습니다. 그러므로 여기서 두 신화적 인물은 시인을 상징하고 있지요. 바다로부터 솟아오르거나 꽃으로 장식된 뿔소라를 불어보겠다는 것은 이 예언적 시인으로서 자신의 이상과 꿈을 펼치고 싶다는 소망을 표현한 것입니다. 비록 처음에 시인이 세상 탓을 하고 있지만, 아직 낭만적 열정을 포기하지는 않았습니다. 자신의 마음을 움직여 고대의 영광을 되찾길 간구하고 있습니다.

우리 또한 세상이 '너무해서' 아주 확 등지고 싶을 때가 간혹 있습니다. 하지만 정작 그 원인은 우리 마음속에 있는지도 모릅니다. 어리석게 내 마음 다 퍼주고 (하찮은 일에 다 낭비해 버리고) 이제는 줄 마음이 남아 있지 않다고, 이제는 돌이 되어버렸다고 푸념하지요. 하지만 프로테우스처럼 쑤욱 올라오세요. 미래를 노래하는 트리톤의 뿔소라 소리를 들으며 마음을 충전하세요. 당신의 마음이 이미 움직이기 시작했잖아요.

외로운 농부

R. S. 토마스 (1913~2000)

언덕 위의 불쌍한 농부가 초원에서 길을 잃었네.

뭔가 움직임이 있어 위를 쳐다보았지만,

그가 본 것은 바람이 지나가는 소리뿐이었네.

공기에 실려 온 여러 목소리가 들렸네.

어디지? 어디야? 두리번거렸지만 조잘대며 흘러가는 시냇물이

부드럽게 속삭이는 혼잣말이었을 뿐이었네. 한 번은 봄에 그가

오솔길을 따라 걷고 있을 때 깜빡 속았던 적이 있었네,

나뭇잎 사이로 들려오는 새된 휘파람 소리였는데

잠깐만 기다려, 잠깐만 기다려, 라고 부르는 네 개의 빠른 음조로 들렸네.

그가 돌아섰는데 아무것도 없었네. 개똥지빠귀 한 마리가

가시덤불에서 목청을 가다듬고 있었을 뿐이네.

그는 스스로를 꾸짖었네, 정신 차리라고.

언덕 위의 불쌍한 그 농부, 더 자주

멈추어 서서 뚫어지게 보고 귀 기울였지만, 소용없었다네.

애타게 원하는 마음은 그의 귀를 배신했다네.

The Lonely Farmer

R. S. Thomas

Poor hill farmer astray in the grass:

There came a movement and he looked up, but

All that he saw was the wind pass.

There was a sound of voices in the air,

But where, where? It was only the glib stream talking

Softly to itself. And once when he was walking

Along a lane in spring he was deceived

By a shrill whistle coming through the leaves:

Wait a minute, wait a minute – four swift notes;

He turned, and it was nothing, only a thrush

In the thorn bushes easing its throat.

He swore at himself for paying heed,

The poor hill farmer, so often again

Stopping, staring, listening, in vain,

His ear betrayed by the heart's need.

시를 다 읽고 나니 의문이 듭니다. 농부는 진짜 길을 잃은 게 맞나요? 곰곰이 생각해보면 실제 길을 잃었는지 아닌지는 시인의 관심사가 아닌 것 같습니다. 외로운 농부의 마음, 그것이 이 시의 핵심입니다. '길을 잃었다'는 것은 외로움의 은유적 표현이지요.

'언덕 위의 불쌍한 농부'처럼 외롭고 쓸쓸해본 적이 있다면, 마치 넓고 넓은 초원에서 길을 잃은 듯한 마음이 들 것 같습니다. 이 넓은 곳에 들리는 소리는 바람 소리, 새소리, 시냇물 흐르는 소리뿐인 걸 그가 모를 리가 없습니다. 그러나 그의 외로운 마음은 길을 잃었을 때처럼 사람의 목소리를 간구하지요.

농부의 외로움이 바람에 실려 와 우리의 마음에 쓸쓸하게 스며드는 것 같습니다. 굳이 언덕 위가 아니라도 수많은 사람이 북적거리는 이 도시 한가운데서 우리는 길을 잃은 느낌이 들 때가 없었던가요? 공감하는 이, 나를 끌어줄 이를 찾아 헤매며 "어디지, 어디야?"라고 외쳐본 적이 없었던가요? 관계에서 홀로 떨어져 나가는 나를 붙잡으며 "잠깐만 기다려, 잠깐만 기다려!"라고 외쳐줄 이를 기대한 적, 의지할 만하고 사랑한다고 믿었던 이가 나의 착각이었음이 드러났을 때, 자신을 스스로 꾸짖으며 정신 차리라고 말해본 적이 없었던가요? 간구하는 마음이 너무 강하면 귀뿐만 아니라 눈도 판단력도 미혹되기 마련인 게 인간 세상이지요. 이 점에서 시인은 인간의 절박한 심정을 잘 포착하고 있습니다.

이 시에서 가장 중요한 것은 어쩌면 시인과 농부 사이의 공감, 그리고 그 농부와 우리 사이의 공감일 것 같습니다. 시인은 관찰자적인 입장을 취하지만, 길 잃은 농부에 대해 애정을 갖고 노래하고 있지요. 그 덕에 우리는 농부의 외로움에 어느새 공감하여 부디 그가 길을 잃지 않았기를, 부디 누군가를 발견하였기를 하는 마음을 갖게 됩니다.

R. S. 토마스는 웨일스의 시인이자 웨일스가 영국에 병합되는 것을 반대한 민족주의자였고, 영성을 중시한 성공회 신부였습니다. 정작 자신은 선원의 아들로 태어나 영국의 항구에서 성장했지요. 그러나 그는 시에서 웨일스의 외로운 농장과 그 척박한 땅에서 힘든 생을 영위하는 농부들에 대해 주로 노래했고, 그것은 웨일스인의 삶에 대한 은유였습니다. 그래서 이 시에서처럼 딱한 처지에 처한 농부의 마음과 몸짓을 따라

가는 시인의 시선은 그 바탕에 자기 민족에 대한 안타까움과
따뜻함을 감추고 있습니다.

희망

에밀리 브론테 (1818~1848)

희망은 아주 소심한 친구였어요.
내가 갇힌 동굴의 창살 밖에 앉아
내 운명이 어찌 될지 지켜보기만 했죠,
저밖에 모르는 남자들처럼요.

몹시 두려웠는지 인정머리가 없었어요.
어느 을씨년스러웠던 날 창살을 통해
내다보았더니 희망이 거기 그대로 앉아서
내 얼굴을 외면하더군요!
……(3, 4연 생략)

희망은 고통으로 비명 지르는 모든 이에게
치유의 향유를 줄 것처럼 속삭여놓고,
날개를 활짝 펴고 하늘로 높이 날아올랐어요.
그렇게 가버리고 다시는 돌아오지 않았답니다!

Hope

Emily Brontë

Hope was but a timid friend—

She sat without the grated den

Watching how my fate would tend

Even as selfish-hearted men.

She was cruel in her fear.

Through the bars, one dreary day,

I looked out to see her there

And she turned her face away!

······(3, 4연 생략)

Hope—whose whisper would have given

Balm to all my frenzied pain—

Stretched her wings and soared to heaven;

Went—and ne'er returned again!

'희망'에 대해 의외의 생각을 전개했지요? 흔히 희망은 무조건 좋은 것이라고 생각하잖아요. 긍정·용기·의지, 그런 심성을 끌고 다니는 자질이잖아요. 이 시에서처럼 '소심한,' '저밖에 모르는' 또는 두려워한다든가 인정머리 없다든가 하는 심성과는 거리가 멀다고 생각해 왔잖아요. 게다가 희망은 무책임하기까지 하네요. 곤궁에 처한 이에게 벗어날 기대를 품게하고는 그냥 내버려두고 혼자서만 하늘로 날아가 버렸어요. 사기꾼이나 다름없어요. 못 믿을 위인이에요. 그런데 어떠세요? 매우 공감 가지 않나요?

사실 희망에 대해 이런 감정, 이런 글을 쓸 수 있는 사람은 그만큼 희망에 여러 번 속고 배신당한 사람이에요. 오히려 이 시는 희망보다는 시인 자신의 품성을 드러내고 있지요. 그녀는 소심하고 두려워 희망을 꽉 붙잡는 성격이 못 되었던 것이죠. 그래서 희망과 그녀 사이에는 심리적인 블록(=창살)이 느껴졌던 거고요. 또 남자 얘기가 나왔으니 말이지 그녀가 만난 남자들도 인정머리 없고 저만 생각하는 인간들이었던가 봅니다.

그러니 사실 희망은 따로 동떨어진 게 아니라 자신의 마음속에 있는 속성이지요.

여기서 눈여겨보아야 할 부분이 하나 있어요. 이렇게 별 도움이 안 되는데도 시인은 '희망'을 '친구'라고 정의하면서 시작했다는 점입니다. 왜 그랬을까요? 떠나지 않고 곁에 있잖아요. 별 도움 안 되고 결정적일 때 슬며시 빠져나가지만, 적어도 함께 있어 주었습니다. 창살 밖일 망정 밖에 앉아 있었지요. 이런 친구 한 명쯤 주변에 없는 사람 있나요? 결국 우리네 삶에서 희망이라는 친구는 늘 우리와 함께하는 존재입니다.

그럼에도 불구하고 이 시가 암울한 것은 마지막 행에서입니다. 즉, 결정적인 순간에 희망이 날아가 버리고는 다시 돌아오지 않았다고 하지요. 어쩌면 좋을까요…. 어쩌면 우리 각자의 시련과 고난은, 희망이 불어넣는 헛된 약속보다는 그저 묵묵히 현실을 직시하며 궁극적으로는 홀로 감당할 몫이라는 착잡한 메시지가 숨어 있는 것 아닐까요.

현실에서 저는 믿었던 '친구'들로부터 결정적인 순간에 뒤통수를 맞은 경험이 있습니다. 그 순간 희망은 사라지고 절망뿐이었죠. 그러나 그것이 인간의 속성임을 깨달은 후 마음이 편해졌습니다. 그리고 차분히 돌아보니, 떠나간 친구들 자리를 더 좋은 이들이 채우고 있더군요.

　시인은 의인화를 사용하여 마음의 다양한 모습을 잘 포착했어요. '희망'이라는 자신의 심성 안에 소심함·이기심·냉담함·기대감·실망감을 모두 담아냈습니다. 시인은 프로이트의 정신분석학이 세상을 놀라게 하기 이전에 소설《폭풍의 언덕》(1847)을 발표했지요. 그 소설에서 두 주인공 캐서린과 히스클리프를 통해 의식과 무의식, 이 세상과 영혼의 세상을 넘나드는 인간의 관계와 정신세계를 그렸지요. 특히 사후에도 인간의 마음과 정신에 대한 통찰력이 매우 '현대적'이어서 주목을 받아왔습니다. 이 시에서도 역시 '희망이란 좋은 것'이라는 일반적 통념을 과감히 흔들어 놓은 시인의 감수성과 직관에 감탄합니다.

재림

W. B. 예이츠 (1865~1939)

소용돌이를 점점 크게 그리며 날아오르는
매는 주인인 매부리의 음성을 듣지 못한다.
세상이 산산이 부서진다, 지축도 무너진다.
총체적인 혼돈이 도처에 떠돌고 있다.
핏빛 파도가 불어닥치며 사방에서
순결 의례를 익사시킨다.
가장 선한 이들조차 확신하지 못하는데
가장 악한 자들은 확신의 열정으로 가득 차 있다.

묵시가 임박했음이 분명하다
재림의 날이 임박했음이 분명하다.
재림! 이 말을 입에 올리자마자
인류의 위대한 기억으로부터 나온 거대한 이미지가
나의 시야를 가린다. 모래사막 어딘가에
사자의 몸과 인간의 머리를 한 형상이

태양처럼 무표정의 무자비한 눈동자로 응시하며

천천히 넓적다리를 움직이고 있다, 그 주위에는 온통

분기탱천한 사막새의 그림자가 빙글빙글 춤추고 있는데.

어둠이 다시 내려온다. 하지만 이제 나는 안다

깊은 잠에 빠졌던 이천 년의 시간이

아기 요람 흔드는 소리에 시달리며 악몽으로부터

　깨어나리란 것을.

마침내 때가 오면, 그 어떤 거친 짐승이

베들레헴을 향하여 수그리며 자신의 탄생을 알리려는가?

The Second Coming

William Butler Yeats

Turning and turning in the widening gyre

The falcon cannot hear the falconer;

Things fall apart; the centre cannot hold;

Mere anarchy is loosed upon the world,

The blood-dimmed tide is loosed, and everywhere

The ceremony of innocence is drowned;

The best lack all conviction, while the worst

Are full of passionate intensity.

Surely some revelation is at hand;

Surely the Second Coming is at hand:

The Second Coming! Hardly are those words out

When a vast image out of *Spiritus Mundi*

Troubles my sight: somewhere in sands of the desert

A shape with lion body and the head of a man,

A gaze blank and pitiless as the sun,

Is moving its slow thighs, while all about it

Reel shadows of the indignant desert birds.

The darkness drops again; but now I know

That twenty centuries of stony sleep

Were vexed to nightmare by a rocking cradle,

And what rough beast, its hour come round at last,

Slouches towards Bethlehem to be born?

〈재림〉은 1차 세계대전 직후인 1920년에 발표된 시입니다. 시인 예이츠는 〈이니스프리의 호도〉(The Lake Isle of Innisfree)와와 같이 서정적이고 소박한 삶에 대한 미적 표현으로 유명합니다. 그러나 이 시처럼 난해한 상징으로 가득한 상징주의 시의 전통을 이끈 시인으로도 유명합니다. 때는 전례 없는 세계 전쟁을 겪은 직후입니다. 인간의 잔인함이 지난 2천 년간 사랑과 용서로 인간의 문명을 이끌어 보고자 한 기독교 정신에 심각하게 도전했습니다. 시인은 2천 년을 주기로 하는 문명의 재탄생을 눈 앞에 두고, 이전과는 완전히 상반된 '야만'의 문명이 지배할 것이라는 어두운 비전을 제시하고 있습니다.

매는 주인의 통제를 벗어났고 세상은 혼란에 빠졌습니다. 선한 이들이 주춤하는 동안 악한들은 더욱 확신에 차서 악행을 저지르는 세상입니다. 암흑의 묵시가 임박했다는 불안과 절박감, 어디서 한 번쯤 영화로라도 봤음 직한 장면 아닌가요.

새로운 2천 년의 세상을 지배하기 위해 탄생을 예고하는 '거친 짐승'이 스핑크스의 이미지를 가진 것이 흥미롭습니다. 사실 스핑크스는 그리스-로마 문명을 대변하는 이미지이지요. 이를 대체한 문명이 기독교 문명입니다. 그런데 다시 2천 년이 지나 이제 세상을 지탱하던 지축도 무너지고 악이 판치고 있습니다. 지난 2천 년을 이끌어온 기독교 문명의 종말이 임박했습니다. 그런데 이를 대체할 새 문명의 이미지가 2천 년 전 그리스-로마 문명의 사악한 버전입니다. 새 문명은 2천 년 전으로의 회귀라는 설정입니다. 베들레헴의 아기 예수를 흔드는 요람 소리가 새 문명의 지배자를 깨워 그의 탄생을 알리지요. 그러나 그것은 아기 예수의 탄생과 대비되는 악몽입니다.

이처럼 이 시는 2천 년 전 '구원'의 상징인 아기 예수와 현재 '악몽'의 상징인 거대 짐승의 탄생을 극명하게 대비시킵니다. 이로써 기독교 문명이 예고되는 악의 문명과 무관하지 않음을, 책임이 있음을 시사합니다. 또한 20세기 초 인류가 처한 현실이 얼마나 처참한지를 강조하는 효과도 얻습니다.

예이츠가 이 시를 쓴 지 100년 후, 21세기를 사는 우리의 형편은 좀 나아졌을까요? 아니면 예이츠가 예언했듯 확신에 찬 악한들이 악행을 저지르고 있나요? 시가 처음 등장한 이후로도 2차 세계대전을 비롯하여 수많은 전쟁이 계속되었고 인간의 야만은 수그러들지 않고 이어지고 있습니다. 지금 당장 우크라이나-러시아 전쟁을 목도하고 있고 코로나로 전 세계가 혼돈에 빠지기도 했습니다. 튀르키예와 시리아를 강타한 지진으로 삶의 터전이 잿더미가 되었고 리비아에서는 홍수로 수만 명이 목숨을 빼앗겼습니다.

　우리의 모습은 예이츠 시대보다 조금도 더 나아진 것이 없어 보입니다. 이제는 선한 자들이 더 이상 우물쭈물해서는 안 되겠지요? 어쩌면 너무 늦었을지 모릅니다만, 그래도 지금이 남아 있는 시간 중 가장 빠르다는 거, 모두 알고 계시지요?

3부

결국, 사람이 희망이다

1

희망은 한 마리 새

에밀리 디킨슨 (1830~1886)

'희망'은 한 마리 새
영혼에 걸터앉아
가사 없는 노래를 부르며
결코 그치는 법이 없다네

사나운 돌풍 속에서 가장 감미롭게 들리는 노래
폭풍은 매우 혹독해야만 할 것이네
많은 이 따뜻하게 보듬는
이 작은 새를 당황시켜 주춤하게 하려면.

그 노래 나는 들었네, 혹한의 동토에서도
아주 낯선 바다 위에서도.
하지만 아무리 절박하여도 결코
내게 빵 부스러기 하나 요청한 적 없었다네.

Hope is the thing with feathers

Emily Dickinson

"Hope" is the thing with feathers—

That perches in the soul —

And sings the tune without the words —

And never stops — at all —

And sweetestt — in the Gale — is heard —

And sore must be the storm —

That could abash the little Bird

That kept so many warm —

I've heard it in the chillest land —

And on the strangest Sea —

Yet, never, in Extremity,

It asked a crumb — of me.

앞서 에밀리 브론테의 시 〈희망〉은 소심하고 믿을 수 없는 희망의 속성에 대해 노래했습니다. 희망을 품게 하고는 다시 절망의 나락에 떨어뜨리는 비정한 현실에 빗대어 희망을 미덥지 못하고 무심하고 냉정한 이처럼 그렸습니다. 반면 디킨슨은 현실과는 별도로 희망 자체에 집중합니다. 어떠한 상황에서도 우리를 저버리지 않으며 우리의 삶에 동행하는, 꺾이지 않는 마음으로써 희망의 속성을 긍정적으로 노래하지요.

아무리 혹독한 시련 속에서도 희망은 말없이 우리의 마음을 다독입니다. 오히려 사나운 시련(=사나운 돌풍) 속에서 가장 감미로운 노래로 우리를 따뜻하게 보듬어 주지요. 그러니 희망을 당황시켜 주춤하게 하려면 폭풍은 아주 혹독해야 할 것이라고 합니다. 뒤집으면, 아무리 혹독한 폭풍이라도 희망을 잠시 주춤하게만 할 뿐, 영원히 멈추게는 하지 못한다는 반어적의미가 들어 있지요. 부끄러움은 오히려 폭풍(=시련)의 몫입니다. 그래서 굳이 "부끄럽게 하다, 당황시키다, 방해하다"라는 의미가 중첩된 영어 단어 'abash'를 사용하였습니다.

잠시 시어의 사용과 은유를 짚어보고 가면, 2연의 3행, "That could abash the little Bird"는 아주 절묘하게 구성된 문장입니다. 여기서 'could'는 가정법으로 '~하려면'이라는 의미로 사용되었고, 뒤에 나오는 'the little Bird'는 목적어도 되고 주어도 될 수 있습니다. 시인은 기존의 법칙에 구애받지 않고 운율을 맞추기 위해 파격적인 문법, 어순, 고어, 신조어 등을 구사할 수 있다고 해서 '시적 파격' 또는 '시적 허용'을 용인받아 왔습니다. 정형시에서 특히 까다로운 라임(rhyme: 행 중간 또는 끝에서 동일한 음이 반복되게 하는 것)을 맞추기 위해 주어(또는 목적어나 서술어)의 위치를 어디에 써도 되었습니다. 그래서 보통의 문법에 익숙한 사람들에게 외국인은 말할 것도 없고 원어민에게조차 영시의 해석은 많이 어렵기 마련입니다.

요컨대, 가운데 연의 요지는 고난이 힘들면 힘들수록 희망의 노래는 감미롭고, 감히 그 어떤 혹독한 폭풍일지라도 희망을 기죽이지 못한다는 역설입니다. 충분히 혹독하면 기죽일 수 있다는 의미가 전혀 아니지요. 그래서 희망의 노래는 가장 추운 땅에서도 아주 낯선 바다에서도 결코 멈추지 않는다는 마지막 연의 의미가 자연스럽게 이어지는 것입니다.

저는 예전에 사람의 인성 중에 가장 고귀한 자질이 무엇일까 깊이 생각해본 적이 있습니다. 뱃속에 생명이 잉태되었음을 알고 난 후 시작한 성찰이었기에 참으로 진지했지요. 결론은 절대로 굴하지 않으며 희망을 놓지 않는 긍정의 마음이었습니다. 요즘 친구들 말처럼 '중요한 것은 꺾이지 않는 마음'이지요. 누구라도 세상의 시련을 피해 갈 수는 없습니다. 한 치 앞도 내다보지 못하는 것이 우리네 인생임을 뼈저리게 깨달았습니다. 그러니 어떠한 경우라도 씩씩하며 희망을 잃지 않는 긍정의 마음이면 두려워할 것이 없으리라 더 믿게 되었지요.

디킨슨은 은둔의 삶을 살았다고 합니다. 하지만 결코 희망을 놓지는 않았던 듯합니다. 이 시를 뒤집어서 탈탈 털어보면, 결국 '어떠한 조건에서도 희망은 있다' 그리고 '희망은 공짜다'라는 초긍정의 메시지를 전달하고 있습니다. 모쪼록 삶이 나를 배신할지라도, 그 거침이 비할 바 없더라도 부디 '꺾이지 않는 마음'으로 자존할 일입니다. 지금 버티고 있는 모든 이를 진심으로 응원합니다.

2

제 영혼은 겁쟁이가 아니랍니다

에밀리 브론테 (1818~1848)

제 영혼은 겁쟁이가 아니랍니다,
세상 풍파에 벌벌 떨지 않아요!
나는 알아요, 천국의 영광이 빛나고,
믿음도 함께 빛나며 두려움으로부터 지켜준다는 것을요.

오 제 안에 함께 하시는 신이시여,
언제나 현존하시는 전지전능하신 분이시여!
당신께서 창조한 생명이 제게서 휴식을 취하니
저는 불멸의 영생을 당신의 권위에서 얻습니다!
······ (3, 4, 5연 생략)

지구와 달이 사라지고,
태양계와 우주마저 존재하지 않고,
당신만 홀로 남겨진다 해도,
모든 존재는 당신 안에서 존재하리니.

죽음을 위한 장소는 없습니다,

죽음의 위력으로 소멸시킬 수 있는 원소도 없습니다

절대 존재이며 생명의 숨결인 당신이 계시기에,

그리고 당신의 존재는 결코 파괴될 수 없기에.

No Coward Soul Is Mine

Emily Brontë

No coward soul is mine,

No trembler in the world's storm-troubled sphere!

I see Heaven's glories shine,

And faith shines equal, arming me from Fear.

O God within my breast,

Almighty ever-present Deity!

Life, that in me hast rest

As I, undying Life, have power in thee!

······(3, 4, 5연 생략)

Though Earth and moon were gone,

And suns and universes ceased to be,

And thou were left alone,

Every Existence would exist in thee.

There is not room for Death,

Nor atom that his might could render void

Since thou art Being and Breath,

And what thou art may never be destroyed.

현실의 고난이 견딜 수 없다고 판단되면 절대자가 마지막 보
루입니다. 브론테 자매들은 사제였던 아버지와 평생 목사관

에서 살았으니, 그들의 종교적 심성은 모태신앙이었겠지요. 지상에서의 현실을 극복하는 방법은 상상력에 의한 초월이거나 종교적 비전에 의한 초월 두 가지가 있습니다. 브론테는 그녀의 작품에서 이 두 가지 비전을 모두 보여줍니다. 〈희망〉에서 보여주었던 회의주의적 태도는 종교적 비전을 다루는 이 시에서 헌신과 확신으로 전환됩니다.

믿을 수 없는 인간의 '희망' 대신 언제나 내 안에 현존하는 전지전능한 신에게로 돌아선 것이지요. 신을 믿음으로써 죽음조차 정복하고 불멸의 영생에 이를 수 있다는 신념이 있다면, 세상의 종말이 와도 두렵지 않을 것입니다. 그리고 지금 당면한 현실적 고통과 좌절은 충분히 견딜 수 있는 것이 되겠지요.

이 시는 꿈 많고 꽃 같았어야 할 나이에 세상을 등진 시인의 사후 2년 만에 세상의 빛을 보았습니다. 생전에 어떻게든 살아보고자 애썼던 마음이 읽히는 듯하여 가슴 아프기 이를 데 없습니다. 마을 사람들의 평균수명이 22세였던 시절을 살아야 했던 그녀의 암울한 처지가 전달되는 것 같습니다. 그러나 우리, 어떠한 어려움에도 씩씩한 영혼으로 겁먹지 않을 일입니다. 자신을 믿든 사랑하는 이에 의지하든 시인처럼 종교에 귀의하든 굳건한 의지로 이 세상을 살아갈 일입니다. 이 세상은 본래 무심한 세상이었는지도 모르지요. 그리고 세상은 그때도 그러하였고 지금도 그러하며 앞으로도 그러할 겁니다. 그러니까 세상사에 쉽게 기죽지 말고 너무 슬퍼하지도 낙담하지도 말고 오로지 나 자신의 영성을 믿어봅시다.

　가끔 지독하게 마음이 힘들 때는 이런 생각을 합니다. 세상이 아무리 어둡고 혹독하고 어지러워도 우주가 멀쩡하다는 것, 여전히 아름다운 생명이 계속 태어나며 이 세상을 지탱한다는 것, 정해진 어떤, 감히 범접하기 어려운 진리가 세상을 지배하고 있다는 것을 말입니다. 그 모든 것의 뒤에는 결코 소멸되거나 파괴되지 않은 존재가 있어 이 세상을 관장하는 것은 아닌가 하고요. 그래서 저는 이세상 제게 주어진 그 끝까지 가보려고 합니다. 모든 것을 바로잡아 주고 회복시켜 주는 그 끝까지를요.

3

영혼은 스스로 친구를 선택하지요

에밀리 디킨슨 (1830~1886)

영혼은 스스로 친구를 선택하지요.
그러고는 문을 닫아요.
그녀의 성스러운 다수 대중에게
더 이상 나타나지 않아요.

냉정하게 그녀는 지켜보지요. 마차가
그녀의 낮은 문 앞에 멈추는 것을요.
아무런 동요 없이 지켜보지요, 황제가 내려서
그녀의 문간에 놓인 매트에 무릎 꿇는 것을요.

나는 그녀를 잘 알아요. 많고 많은 국민 중
딱 한 명만 선택하지요.
그러고는 빗장을 닫아걸고 신경 쓰지 않아요,
마치 돌처럼요.

The Soul selects her own Society

Emily Dickinson

The Soul selects her own Society -

Then - shuts the Door -

To her divine Majority -

Present no more -

Unmoved - she notes the Chariots - pausing -

At her low Gate -

Unmoved - an Emperor be kneeling

Upon her Mat -

I've known her - from an ample nation -

Choose One -

Then - close the Valves of her attention -

Like Stone -

'영혼'이라는 용어는 종교적·철학적 의미와 무게 탓에 요즘은 잘 쓰지 않습니다. 그러나 '영혼'을 사라지지 않는 고결한 정신이라고 정의해두면, 디킨슨은 이 시를 통해 상당한 수준의 사회 비판을 의도하고 있습니다. '성스러운 다수 대중'의 영어 원문은 'divine Majority'입니다. 여기서 똑같은 다수의 사람을 의미하는 말 중에서 그냥 민중 people이나 군중 multitude 또는 무리 mob가 아니라 굳이 '다수'의 의미가 강한 'Majority'를 쓴 이유가 있습니다. 모든 것을 다수결로 의결하는 민주주의를 염두에 두었겠지요. 그 점에서 '다수'는 민주주의 운영원칙에서 '성스러운' 존재일 수밖에 없지요. 한편 '메이저'major의 의미는 '주류'를 의미하기도 합니다. 그러니 또한 '성스러운' 존재일 것입니다. 다시 물어보지요. '주류'와 '다수'는 모두 '성스러운' 존재인가요?

영리하게도 디킨슨은 'Majority'라는 용어 하나로 어리석은 다수에 휘둘리는 민주주의와 한 사회 Society의 주류라고 하는 계층의 통속성을 동시에 비판하고 있습니다. '성스러운'이라는 수식어는 사실 반어법인 셈이지요. 그녀는 또한 '영혼'의 선택에 있어 지위고하는 중요하지 않음을 무릎 꿇은 황제에 비유하지요. 이 시는 '영혼'의 배타성과 냉정함을 말하고 있는 게 아닙니다. 진정으로 고결한 정신은 진귀하며, 세속적인 그 어떤 것으로도 거래될 수 없다는 주장을 하고 있는 것입니다.

또 하나 주목할 부분이 있습니다. 시인은 '친구'로 영어의 'friend, company, fellow' 등을 쓰지 않고 '사회'의 의미를 포괄하는 'Society'를 대문자로 썼습니다. 다분히 '대중'의 'Majority'와 대비시키기 위해서지요. 다시 말해 단 한 명이여도 영혼이 선택하는 이는 '사회'라는 의미니까, '다수'를 무력화하지요. 뭐든지 다수는 성스러운 듯이 생각하는 어리석은 민주주의를 비웃는 것 같습니다. 그래서 디킨슨은 그 다수를 무력화하기 위해 소수도 아니고 단 하나를 선택했습니다. 또한 그만큼 이 시대에 영혼의 선택을 받는 이는 극소수라는 의미도 내포되어 있습니다.

옥석을 가리는 혜안의 중요함에는 누구나 동의하면서도 우리는 쉽게 속고 유혹에 넘어가는 시대를 살고 있습니다. 진정한 '친구'Society를 원한다면 본질을 꿰뚫어 보는 직관과 세태에 따라 오염되지 않는 신념이 필요합니다.

4

존 앤더슨, 나의 사랑이여

로버트 번즈 (1759~1796)

존 앤더슨, 나의 사랑, 존,

　　우리가 처음 만났을 때

너의 머리는 갈까마귀처럼 검었고

　　너의 잘생긴 눈썹은 곧게 뻗어 있었지.

이제 너의 눈썹이 듬성듬성해졌고, 존,

　　너의 머리는 눈같이 하얗구나

하지만 서리가 내린 듯한 너의 머리 위에 축복이 가득하다.

　　존 앤더슨, 나의 사랑이여.

존 앤더슨, 나의 사랑, 존,

　　우리 함께 언덕을 탔었지.

즐거웠던 많은 날을, 존,

　　우리 서로 함께했었다.

이제 언덕을 내려갈 때 다리가 후들거리지만,

　　우리 손에 손을 잡고 가서

저 산기슭에 함께 잠들어요,

　　존 앤더슨, 나의 사랑이여.

John Anderson, My Jo

Robert Burns

John Anderson my jo, John,

　　When we were first acquent,

Your locks were like the raven,

　　Your bonie brow was brent;

But now your brow is beld, John,

　　Your locks are like the snow;

But blessings on your frosty pow,

　　John Anderson, my jo.

John Anderson my jo, John,

　　We clamb the hill thegither;

And mony a canty day, John,

    We've had wi' ane anither:

Now we maun totter down, John,

    And hand in hand we'll go,

And sleep thegither at the foot,

    John Anderson, my jo.

이 시의 내용은 오랫동안 구전되어 온 이야기를 번즈가 글로 옮겼다고 합니다. 화자는 여인이고 상대는 그녀의 남편 또는 애인인 존 앤더슨이지요. 그래서 'my jo'를 모두 '나의 사랑'이라고 번역하였지만 사실 이런 배경을 모른다면 'jo'는 스코틀랜드 고어에서 '단짝'이라는 뜻을 갖고 있어서 '나의 단짝'이라고 번역할 수 있습니다. 저는 개인적으로 단짝같은 관계를 노래했다고 생각하는데요. 이 시는 굳이 배경을 모르고 읽더라도 상관이 없을 것 같습니다.

어려서부터 한 동네친구로 산과 들을 뛰어다니며 함께 성장하고 늙어간, 그런 단짝이 있다면 참으로 복된 삶일 것입니다. 그 단짝과 이제 죽음의 길까지 동행할 수 있다면 이보다 더한 축복이 어디 있을까요. 더욱이 그 단짝이 서로 사랑하는 연인이나 부부라면 참 더없을 인생일 것 같습니다.

21세기를 사는 우리는 태어나면서부터 죽을 때까지 고향을 지키는 토박이가 드문 시대를 살고 있습니다. 청년이 되면 대개 고향을 떠나 도시에서 생업을 이어가다 퇴직하면 아주 소수만 귀향을 선택하지요. 하지만 모두의 마음에 어릴 적 친구에 대한 기억, 고향에 대한 추억은 늘 그리움으로 남아 있게 마련입니다. 그래서 오랜 이별에도 불구하고 수십 년 만에 만난 옛 친구는 시공을 떠나 기억을 공유하지요. 마치 어제 헤어진 듯 격 없는 우정을 회복합니다.

이 시를 지은 번즈는 스코틀랜드의 민족시인으로 불립니다. 고유한 언어로 풍속과 자연을 가식 없이 노래하여 죽어서도 오래오래 사랑받고 있지요. 매년 그를 기리는 번즈 나이트Burn's Night가 오면, 스코틀랜드인들은 유쾌한 헌사를 자못 장황하게, 더러는 익살스럽게 낭독하며 바치고, 이어서 유쾌하게 토속음식인 해기스(Haggis, 양 또는 송아지의 내장과 다진 양념을 섞은 재료를 위장에 넣어 만든, 우리의 순대처럼 생긴 스코틀랜드 토속 음식)를 즐깁니다.

시인은 생전에 검소하고 목가적인 삶을 살았고, 사후에는 오늘날까지 오래 기억되니 더없이 복된 삶을 살았다고 추측할 수 있지요. 그런데 시인의 생몰연대를 보면 37세로 단명했습니다. 존 앤더슨과 같은 단짝과 더불어 머리에 서리가 내리도록, 기력이 떨어져 비척거리도록, 더불어 살지 못했을 것 같습니다. 1790년에 나온 이 시는 그의 나이 31세 이전에 쓰였으며, 전해져 내려오는 이야기를 옮긴 것입니다. 비록 시인이 살고 경험한 현실이 아니더라도 시인의 소망이, 그리고 우리의 소망이 투영된 이상을 노래하고 있는 것이지요. 그러고 보니, 번즈도 그렇고, 우리 인간은 모든 것을 다 가질 수는 없나 봅니다.

5

사나이가 조국의 자유를 위해
싸울 수 없다면

조지 고든 바이런 경 (1788~1824)

사나이가 조국의 자유를 위해 싸울 수 없다면,

　　이웃의 자유를 위해 싸우게 하라.

그리스와 로마의 영광을 기억하게 하고,

　　세상사는 머릿속에서 떨쳐내게 하라.

인류를 위한 선행은 기사도 정신이며,

　　고귀하게 보상받기 마련이다.

그러니 어디에서든 자유를 위한 싸움에 나설지어다.

　　총 맞거나 목 매달리지 않는다면, 기사 작위를 얻으리니.

Stanzas

When a man hath no freedom to fight for at home

George Gordon, Load Byron

When a man hath no freedom to fight for at home,

    Let him combat for that of his neighbors;

Let him think of the glories of Greece and of Rome,

    And get knocked on the head for his labors.

To do good to mankind is the chivalrous plan,

    And is always as nobly requited;

Then battle for freedom whenever you can,

    And, if not shot or hanged, you'll be knighted.

바이런이야말로 진정한 낭만주의자라고 불려 마땅합니다. 그의 유명한 장시 〈돈 쥬앙〉(Don Juan, 1819-24)은 방탕한 난봉꾼의 여성 편력을 기록한 시라고 비난받기도 했지요. 그러나 낭만주의 대표시인으로서 그를 논할 때 빠질 수 없는 걸작으로 꼽히며 사랑받아 왔고, 오늘날 뮤지컬로 제작되고 있을 정도로 시대와 장소를 넘어 대중의 마음에 어필해 왔습니다. 난봉꾼 설정은 사실 그가 비판하고자 하는 위선·탐욕·음욕을 효과적으로 풍자하기 위한 외피일 뿐입니다. 그는 특히 기성의 체계와 고착된 관념을 공격하기 위해 난봉꾼 화자를 활용했던 것이지요.

바이런은 이 시에서 주장한 그의 이상과 신념에 따라 실제 그리스가 튀르키예로부터 독립하는 전투에 지원하여 군사훈련 중 사망하였고, 이후 그리스에서는 국민영웅으로서 애도와 추앙을 받았습니다. 귀족 신분으로 30대 중반의 나이에 타국의 독립전쟁을 위해 나섰다가 스러진 삶, 그가 이 시에서 표방했던 삶 그대로 기사도적이며 영웅적인 삶, 즉 '낭만적인' 삶입니다. 시에서 이상으로 삼은 삶을 현실에서도 스스로 체현하며 삶으로써 이상과 현실을 일치시킨 바이런의 업적은 '바이런적 영웅'Byronic hero의 전형이 되었습니다. 즉, 죽음이 정해진 운명임을 알면서도 열정을 좇아 방랑하는 이, 때로는 죄

의식을 갖기도 하고 사회로부터 소외당하기도 하지만 그 누구보다 용기있고 정직하며 고결한 이를 의미합니다. 바로 시인 자신의 초상이면서 이 시의 화자에 다름 아니지요.

흔히들 '노블레스 오블리주'noblesse oblige, 가진 자들의 사회에 대한 공헌을 말하지만 이를 현실에서 실천하기란 쉬운 일이 아닙니다. 온갖 불법적인 방법으로 군복무를 면제받은 이가 있는가 하면 마땅히 내야 할 세금을 탈루한다든지 굶어 죽는 사람이 눈앞에 있는데 아랑곳하지 않고 사치를 일삼는 이들이 언제나 어디서나 부족하지 않습니다. 삶 자체가 파란만장했던 바이런 경의 시를 읽으며 아직도 그의 이상과는 한참 동떨어진 세태를 지켜보며, 이제는 그가 방랑을 멈추고 무덤에서 편하게 쉴 수 있을까 의심이 듭니다. 그래도 그를 비난했던 모든 이들보다 더 고결한 삶을 살다 간 그의 영혼이 이제는 평화에 이르렀기를 기도해 봅니다. RIP(Rest in Peace, 편히 잠드시길).

6

아빠의 왈츠

씨어도어 뢰트키 (1908~1963)

당신이 숨 쉴 때마다 풍기는 위스키 냄새는
작은 소년을 어지럽게 하기에 충분했지요.
하지만 나는 죽도록 매달렸어요.
당신과 추는 왈츠는 결코 쉽지 않았으니까요.

우리는 왁자지껄하게 춤을 췄어요
부엌 선반의 냄비들이 미끄러져 떨어질 정도로요.
엄마의 표정을 보니
어찌 찡그리지 않을 수 있겠어요.

내 손목을 붙잡은 그 손에
관절 마디 하나가 뭉그러져 있었어요.
당신이 스텝을 잘못 밟을 때마다
내 오른쪽 귀가 허리띠의 고리에 쓸렸어요.

먼지에 덮여 딱딱하게 굳어버린 케이크 같은 손바닥으로

당신은 내 머리를 두드리며 박자를 맞췄어요,

그러고는 왈츠를 추며 침대로 데려갔어요

당신의 셔츠에 딱 달라붙어 있던 나를요.

My Papa's Waltz

Theodore Roethke

The whiskey on your breath

Could make a small boy dizzy;

But I hung on like death:

Such waltzing was not easy.

We romped until the pans

Slid from the kitchen shelf;

My mother's countenance

Could not unfrown itself.

The hand that held my wrist

Was battered on one knuckle;

At every step you missed

My right ear scraped a buckle.

You beat time on my head

With a palm caked hard by dirt,

Then waltzed me off to bed

Still clinging to your shirt.

하루의 고된 노동을 끝내고 위스키 한잔을 걸친 아빠와 함께 추었던 왈츠에 관한 추억을 담은 시입니다. 사실 화자는 아빠의 허리춤에 겨우 머리가 닿는 작은 아이였고, 진짜 왈츠를 추었다기보단 아빠의 비틀거리는 춤사위에 끌려다녔다고 하는 것이 맞겠지요.

과거의 한 사건에 관한 묘사를 통해 화자는 많은 것을 보여줍니다. 마냥 기분 좋고 흥겨운 춤사위가 아니라 아빠의 숨결에 어지러웠던 기억, 시끄럽고 거칠게 우당탕탕 와자지껄하게 추는 동작에 선반 위의 냄비가 요란하게 떨어져 내리고 이를 보는 엄마는 눈살을 찌뿌렸던 기억, 손목을 잡은 아빠의 손가락 하나가 부러져서 없었던 것에 대해 아이로서 느꼈을 낯설고 안타까운 감정, 술기운에 추는 춤에 스텝이 꼬일 때마다 아들의 귓바퀴를 쓸리게 한 아빠의 낡고 거친 혁대, 세월에 먼지가 켜켜이 쌓이고 딱딱해진 케이크처럼 거친 손으로 아들을 아프게 하는 줄도 모르고 머리에 박자를 맞추었던 아빠, 그래도 아프다고 버둥거리거나 소리 지르지 못하고 아빠가 하는 대로 몸을 맡기고 그저 딱 들러붙어 있을 수밖에 없었던 나…. 요컨대 아빠와의 왈츠는 작은 아이에게 결코 쉽지 않았던 왈츠였습니다.

한편 이 모든 디테일이 가리키고 있는 것은 결코 풍족하지 않았을 노동자 가정, 그들의 거칠고 팍팍한 삶을 그리면서도 무조건의 사랑과 믿음이 있는 풍경을 보여줍니다. 어린 아들과 짓궂고 경쾌하게 춤을 추던 아빠는 아이를 휴식의 침대로 데려가는 것을 잊지 않았고, 싫고 아픈 감정을 드러내지 못한 아들은 그래도 기둥처럼 단단한 존재인 아빠를 믿고 끝까지 매달렸으니까요. 그러나 또한 겉으로는 흥겹기만 한 그 광경 아래 어린아이가 생생히 느꼈을 작은 폭력의 기억이 조각조각 이어져 있고 영문도 모르는 생소함과 안타까움의 기억이 중첩되어 있습니다. 이처럼 이 시는 상반된 감정을 뒤섞어 놓았습니다. 그렇다면 종국에 이 시를 지배하는 감정은 무엇일까요? 폭력에 대한 두려움과 혐오일까요, 아니면 비록 거칠지만 아버지가 보여준 사랑에 대한 공감과 그의 삶에 대한 안타까움일까요?

이 시는 아마도 시인 자신의 이야기 같습니다. 독일 이민자이며 노동자였던 시인의 아버지는 뢰트키가 십대일 때 유명을 달리했습니다. 누구든 되돌아보면 마음 한구석에 이처럼 평범하지 않은 추억, 가족만이 기억하고 공유하는 한 챕터의 에피소드를 간직하고 있겠지요. 그러나 수십 년이 지나 그 기억의 한 조각을 끄집어내면서 단순한 미화에 머물지 않고 사실적인 묘사를 통해 그 기억이 담고 있는 복잡한 감정을 이처럼 생생히 고백하기는 쉬운 일이 아닙니다. 궁극적으로 이 시를 지배하는 감정에 대해 확신할 수 없지만, 적어도 공감과 연민이 다른 모든 감정에 우세하다고 믿고 싶습니다. 그렇게 과

거는 현재와의 거리 때문에 너그러움의 특혜를 누리면서 늘 '왕년의 호시절'^{Good Old Days}이 되는 것이 아닐까요. 군대 갔다 온 남자들이 지긋지긋하다면서도 한잔만 걸치면 군대 얘기 를 즐기는 것을 보면 말이지요.

7

그 겨울의 주일날

로버트 헤이든 (1913~1980)

아버지는 주일날에도 일찍 일어나셨지요.

검푸른 납빛 추위에 떨며 옷을 입고

추운 나날의 노동으로 쑤시고

터진 손으로 불을 지폈지요.

아무도 아버지께 고맙다고 한 적은 없었지요.

나는 깨어나며 타닥타닥 추위가 흩어지는 소리를 듣곤 했지요.

방이 훈훈해지면 아버지는 부르셨어요.

그러면 나는 천천히 일어나서 옷을 입었지요.

꾸물거리면 혼쭐날 것이 걱정되었거든요.

추위를 몰아내 주고

내가 아끼는 구두도 반질반질하게 닦아놓으신

아버지에게 덤덤하게 말을 걸곤 했지요.

아 내가 어찌 알았겠나요, 도대체 내가 어찌 알았겠나요?

사랑이란 이름의 이 준엄하고 외로운 노동을.

Those Winter Sundays

Robert Hayden

Sundays too my father got up early

and put his clothes on in the blueblack cold,

then with cracked hands that ached

from labor in the weekday weather made

banked fires blaze. No one ever thanked him.

I'd wake and hear the cold splintering, breaking.

When the rooms were warm, he'd call,

and slowly I would rise and dress,

fearing the chronic angers of that house,

Speaking indifferently to him,

who had driven out the cold

and polished my good shoes as well.

What did I know, what did I know

of love's austere and lonely offices?

마지막 행, "사랑이란 이름의 이 준엄하고 외로운 노동"이 압권입니다. 부모의 자질이 없는 이도 간혹 있지만, 대다수 부모는 아무리 추워도 아무리 힘들어도 자식을 위한 노동을 내려놓지 않습니다. 고맙다는 말을 듣고 싶거나 대가를 바라서가 아닙니다. 혹자는 본능이 하는 일이라고 말할 수도 있겠지만, 이 시의 지은이 헤이든은 양부모 손에서 자랐습니다. 디트로이트의 어려운 가정에서 잘 자라 대학교수로서 성공적인 삶을 오래 살았습니다.

시의 내용이 자전적이라면 양아버지는 힘든 노동으로 겨우 생계를 꾸려갔을 것 같습니다. 하지만 자신이 아무리 고달파도 가장의 본분을 묵묵히 지킨 분으로 보입니다. 그는 노동에 지쳐 무뚝뚝했을 것 같은데, 그렇다고 집안 풍경이 그리 따뜻하거나 생기발랄했을 것 같지 않습니다. 아무도 그의 '준엄하고 외로운 노동'에 감사를 표하지 않았으니까요.

그런데 여기서 한 가지 짚고 넘어갈 부분이 있습니다. 2연 마지막 행인 "fearing the chronic angers of that house,"의 번역입니다. 문자 그대로 번역하면, "그 집안을 짓누르는 오래된 분노를 두려워하며"가 됩니다. 여기서 두 가지 사실에 주목할 필요가 있습니다. 먼저 아이의 심리를 엿볼 수 있습니다. '나의 집안'이 아니라 '그 집안'이라고 했지요. 화자와 시인이 동일한 사람이라는 가정하에, 시인은 양부모의 집에서 그다지 소속감을 느끼지 못한 것 같습니다. 어쩌면 시간이 많이 흘러 과거의 그 집, 즉 시간적 거리감을 표현했는지도 모릅니다.

다음으로 '짓누르는 오래된 분노'가 무엇이냐는 것입니다. 뭔지 알 수가 없습니다. 그러나 아이의 행동이 촉발할 수도 있을 분노임은 분명합니다. 아마도 일어나라고 부르는 아버지의 말에 따르지 않고 잠자리에서 꾸물거리면 떨어지는 불호령일 가능성이 클 것이라고 생각합니다. 그래서 "꾸물거리면 혼쭐날 것이 걱정되었거든요"라고 의역했습니다.

이 시는 시인이 오십을 바라보던 1962년에 출판되었습니다. 인생의 지긋한 나이에 접어든 어느 날, 안락의자에 앉아 깊은 생각에 잠긴 시인의 모습이 그려집니다. 매일의 노동으로 지치고 아픈 몸으로 주일날도 없이 사랑의 고단한 책무를 묵묵히 다하였던 노동자 아버지의 퍽퍽한 삶, 철부지라 그 사랑의 준엄하고 외로운 책무를 몰랐던 그는 고맙다는 말은커녕 다정한 말 한마디 건네지 않았습니다. 수십 년 후 이제 사회적으로 성공한 학자요, 시인이 되어 아픈 회한에 빠져보지만 아버지는 안 계십니다.

'불효자는 웁니다'는 만국공통의 정서인가 봅니다. 부모님의 큰 사랑을 깨닫게 되면 정작 부모님은 계시지 않지요. '물은 위에서 아래로 흐르는 거야'라는 경구는 그 자체로 피와 살이 없는 명제일 뿐입니다. 모든 것은 연이어 있습니다. 윗물이 있었기에 아랫물이 있는 것이고 부모가 있었기에 내가 있습니다. 내 삶을 희생하면서까지 효도를 하지 말라는 말이지 부모를 버리라는 말은 아니지요.

오래 부모를 잊고 살았던 그대, 그 이유가 무엇이든 더 늦기 전에 지금이라도 당장 달려가서 연로한 부모님의 헌신적인 사랑에 작은 예의라도 표하는 것이 어떨까요. 꾸물거리면

너무 늦을지도 모르니까요. 물론 부모 역할을 전혀 하지 않은

경우는 예외일 것이지만 말입니다.

8

청춘

새무얼 울먼 (1840~1924)

청춘은 인생의 한 시기가 아니라, 마음가짐입니다. 청춘은
장밋빛 뺨과 붉은 입술, 유연한 무릎이 아니라 굳은 의지와
풍부한 상상력, 생생한 감수성에 달려 있습니다. 청춘은
생명의 깊은 샘에서 솟구치는 신선함입니다.

청춘은 소심하지 않고 용기를 내며, 쉬운 길보다는 모험을
추구하는 것입니다. 그래서 청춘은 스무 살 청년이 아닌 예순
노인에게서 종종 발견됩니다. 나이만 먹는다고 늙는 것은
아닙니다. 꿈을 잃을 때 우리는 늙지요.

세월은 피부에 주름살을 더해주겠지만 정열을 잃으면 마음에
주름살이 집니다. 걱정, 두려움, 자기불신은 마음을 꺾고
정신을 바닥으로 끌어 내리지요.

예순이든 열여섯이든 우리 모두에게는 경이로움에 끌리는

마음, 아이처럼 다음은 뭘까 궁금해하는 끊임없는 호기심과
인생의 게임에 대한 환희가 있습니다. 그대의 마음과 내 마음
한가운데에서는 무선 통신국이 있습니다. 그것이 인간과
무한의 우주로부터 아름다움, 희망, 활기, 용기, 그리고 힘의
메시지를 수신하는 한 그대는 젊으리라.

안테나가 끌어내려지고 그대의 마음이 눈 같은 냉소주의와
얼음처럼 찬 비관주의로 뒤덮이면 그대는 늙게 되지요,
나이가 스물이어도 말이에요. 하지만 높게 솟은 안테나가
낙관주의의 전파를 계속 잡아주는 한, 그대는 여든에 죽는다
해도 청춘으로 죽으리란 희망이 있습니다.

Youth

Samuel Ullmann

Youth is not a time of life; it is a state of mind; it is not
a matter of rosy cheeks, red lips and supple knees; it is a

matter of the will, a quality of the imagination, a vigor of the emotions; it is the freshness of the deep springs of life.

Youth means a temperamental predominance of courage over timidity of the appetite, for adventure over the love of ease. This often exists in a man of sixty more than a body of twenty. Nobody grows old merely by a number of years. We grow old by deserting our ideals.

Years may wrinkle the skin, but to give up enthusiasm wrinkles the soul. Worry, fear, self-distrust bows the heart and turns the spirit back to dust.

Whether sixty or sixteen, there is in every human being's heart the lure of wonder, the unfailing child-like appetite of what's next, and the joy of the game of living. In the center of your heart and my heart there is a wireless station; so long as it receives messages of beauty, hope, cheer, courage and power from men and from the Infinite, so long are you young.

When the aerials are down, and your spirit is covered with snows of cynicism and the ice of pessimism, then you are grown old, even at twenty, but as long as your aerials are up, to catch the waves of optimism, there is hope you may die young at eighty.

나이가 드니 뻔뻔하게 들릴지라도 '나이는 숫자일 뿐, 인생은 60부터'라는 말에 박수를 쳐주고 싶습니다. 폭풍노도와 같았던 20대로 다시 돌아가라고 한다면 "노 땡큐"라고 하겠지만, 솔직히 죽는 그날까지 '청춘'의 마음과 기상을 지키고 싶은 욕심이 있습니다.

　요즘 꽤 많은 이가, 심지어 20대의 젊은이조차 젊음의 대명사인 탱탱한 피부를 유지하기 위해 피부과를 찾습니다. 물론 각자의 선택이고 자유지요. 그러나 이러한 외적 젊음보다 더 중요한 젊음의 기준은 마음입니다. 마음에 꿈과 이상을 지니고 이를 위해 모험을 감수하는 것, 그것이 바로 진정한 청춘이지요.

요즘은 수명 백세시대라고 합니다. 늘어난 수명에 비해 정년은 빠르게 옵니다. 인생 이모작을 위해 제2의 경력을 추구하는 이가 늘고 있습니다. 그러나 한편, 사회가 노령화됨에 따라 경제인구가 줄고 있습니다. 노인들의 복지를 받쳐주느라 젊은이들이 허덕이는 시간이 길어질 수 있다는 우려도 있습니다.

특히 청년 실업률이 사회적 문제가 되고 있습니다. 88만 원 세대니 3포세대니 하는 말이 벌써 오래전부터 있었습니다. 청춘의 마음을 가진 늙은이 타령 이전에, 몸은 청춘이면서 꿈과 이상을 포기한 젊은이가 걱정되는 시대입니다. 그들이 어깨를 펴고 긍정과 낙관주의로 무장하고 성큼성큼 나아갈 수 있는 사회를 만들어야 합니다. 인구증가율이 0.8%에 머무는 나라(서울은 0.6%를 찍었다지요)에서 젊은이의 '청춘다움'이 그 무엇보다 중요하고 시급한 과제입니다. 기성세대가 그대들을 생각하며 좀 더 나은 세상을 준비하는 동안, 청춘이여, 부디 꿈과 이상을 간직하고 조금 더 견디기를!

담장을 고치며

로버트 프로스트 (1874~1963)

담장을 좋아하지 않는 뭔가가 있다

담장 아래 언 땅을 부풀리고

햇볕이 들면 위쪽의 둥근 돌을 미끄러뜨려

두 사람이 나란히 지나갈 수 있는 공간을 만드는 걸 보면.

……

나는 언덕 너머에 사는 이웃에게 알리고

날을 잡아 담장이 있던 자리를 따라 걸으며

우리 사이에 담장을 다시 세운다.

우리는 늘 하던 대로 우리 사이에 담장을 유지한다.

……

사실 담장이 있는 곳에 우리는 담장을 세울 필요가 없다.

그는 온통 솔밭이고 내 땅은 사과나무 과수원이니

내 사과나무가 그쪽으로 넘어가

그의 소나무 아래 솔방울을 먹어 치울 일이 없다고 말해보지만,

그는 말할 뿐이다. "튼튼한 담장이 좋은 이웃을 만듭니다."

Mending Wall

Robert Frost

Something there is that doesn't love a wall,

That sends the frozen-ground-swell under it,

And spills the upper boulders in the sun;

And makes gaps even two can pass abreast.

......

I let my neighbor know beyond the hill;

And on a day we meet to walk the line

And set the wall between us once again.

We keep the wall between us as we go.

......

There where it is we do not need the wall:

He is all pine and I am apple orchard.

My apple trees will never get across

And eat the cones under his pines, I tell him.

He only says, "Good fences make good neighbors."

봄이 되면 담장 아래 언 땅이 녹으면서 땅이 부풀고 푹신푹신해집니다. 땅 위에 쌓아 올린 돌담이 불룩해진 땅 때문에 무너지게 되지요. 이 자연 현상을 모를 리 없는 시인은 짐짓 모른체 "담장을 좋아하지 않는 뭔가가 있다"고 합니다. 이 시에 나오는 경우처럼 서로 다른 수목을 심어서 구분이 분명하다면, 담장을 세우는 실용성이 없습니다. 그런데 굳이 관성으로 담장을 쌓으며 "튼튼한 담장이 좋은 이웃을 만듭니다"라고 하는 그의 이웃 같은 이들이 있지요.

　시인은 여기서 사람과 사람 간을 나누는 마음의 벽을 읽습니다. 다시 말해 공생하는 자연의 이치와는 대척되는 인위적인 구별과 차별의 습성을 보는 것이지요. 사실 소나무밭이든 사과나무든, 네 것 내 것 나누지 않고 아낌없이 주는 자연의 바람과 햇볕과 빗물로써 자라는 것입니다. 이 점에서 굳이 담을 세워 나누지 않아도 서로 침범당할 일이 없다는 시인의 주장은 좀 더 폭넓은 의미를 가집니다.

　내가 위트 있게 "내 사과나무가 그쪽으로 넘어가 그의 소나무 아래 솔방울을 먹어 치울 일이 결코 없다"고 해도 담장을 세워 경계를 분명히 하려는 그의 이웃은 진심일 것입니다. 그래서 사람들 속에 더불어 사는 시인은 담장을 수선해야 하는 불편한 그의 마음을 자연 탓으로 돌립니다. 그러나 자연의 잘못이 아니지요.

시인은 궁극적으로 마음에 벽을 세우려는 인간과 모든 것을 나누며 공유하는 자연을 대비시키고 있습니다. 특히 봄에 벽이 무너지게 하여 "두 사람이 나란히 지나갈 수 있는 공간"을 만드는 것은 자연입니다. '가슴을 나란히 하고'라는 의미의 'abreast'를 굳이 고른 이유는 서로 가슴이 통하는 관계를 염두에 두었기 때문이지요. 그렇게 자연이 멍석을 깔아주는데도 그 소중한 공간을 무시하고 담장을 세우려는 인간의 편협함이 두드러집니다. 그리고 의문이 남지요. 시인의 이웃이 말한 '좋은 이웃'의 의미는 과연 뭘까요? 우리 한자어에 불가근불가원不可近不可遠, 즉 너무 가까이하면 다치기 쉽고 너무 멀리하면 해코지하므로 적당한 거리를 두라는 격언이 씁쓸하게 떠오릅니다.

10

기도

사라 티즈데일 (1884~1933)

나 죽어갈 때 깨닫게 하소서

휘몰아치는 눈을 사랑했노라고

채찍처럼 살을 때려 아프게 했으나,

나 모든 아름다운 것을 사랑했노라고

그 때문에 받는 아픔을 감수하려 애썼노라고

명랑한 미소로 원망하지 않으며,

내 혼신을 다해 사랑하였노라고

내 영혼이 닿는 데까지 깊고 오래도록

내 심장이 터진다 해도 신경 쓰지 않으며,

생을 그 자체로 사랑하며

모든 것에 곡조를 붙여서

노래하는 아이처럼 노래했노라고.

A Prayer

Sara Teasdale

When I am dying, let me know
That I loved the blowing snow
Although it stung like whips;
That I loved all lovely things
And I tried to take their stings
With gay unembittered lips;
That I loved with all my strength,
To my soul's full depth and length,
Careless if my heart must break,
That I sang as children sing
Fitting tunes to everything,
Loving life for its own sake.

제목이 '기도'이고 시 본문은 전체가 기도문입니다.

우리는 언제, 왜 기도를 할까요. 어려움에 처했을 때, 기쁜 일이 있을 때 우리는 무릎을 꿇고 기도합니다. 고난을 극복하게 해달라고도 경사를 주셔서 감사하다고도 하지요. 그렇게 기도의 내용은 극과 극을 달리겠지요. 그러나 죽음을 앞두면 어떤 기도가 될까요. 삶 전체를 돌아보며 참회하고 두고 가는 사랑하는 이들에 대한 축복과 천국에의 약속을 부탁하지 않을까요.

그런데 여기, 화자의 기도는 죽기 전에 혼신을 다해 사랑하게 해달라는 것입니다. 죽음의 침상에 누워서 하는 기도는 아닙니다. 아직 화자 앞에는 갈 길이 멉니다.

그래서 이 기도는 신 앞에서 행하는 의식이라기보다는 자신에 대한 다짐으로 들립니다. 이 사랑의 기도는 좀 특별합니다. 인간적 사랑의 본질에 대한 성찰을 담고 있기 때문이지요. 흔히 기복적인 소망을 담아 행운이나 축복만을 바라지 않고, 사랑에 따라오는 고통과 아픔의 대가를 기꺼이 인정하고 수용한다는 점에서 그렇습니다.

　우리는 말합니다. 한 번도 사랑해보지 못한 것보다는 사랑하고 잃는 것이 더 낫다고요. 실연의 아픔은 그 무엇으로도 위로가 안 되는 것이 사실입니다. 그래도 한세상 살아가며 살점이 떨어져 나갈 정도로 아프고 시린 사랑, 심장이 터질 것 같은 가슴 벅차고 애끓는 사랑을 할 수 있다면 기꺼이 감수할 만한 것 아닐까요. 그런 사랑이야말로 어린아이의 순수함으로 생 그 자체를 사랑하는 체험에 버금가는 것일 테니까요.

11

황금이라고 다 반짝이는 것은 아니다

J. R. R. 톨킨 (1892~1973)

황금이라고 다 반짝이는 것은 아니며,

헤매는 이라고 다 길을 잃은 것도 아니다.

강한 것은 오래되어도 시들지 않으며,

뿌리가 깊으면 서리가 닿지 못한다.

타버린 재로부터 불꽃이 하나 깨어나

어둠 속의 한 줄기 빛으로 솟구치리라.

무뎌진 칼날을 새로이 벼릴지니,

왕관을 잃은 자 왕좌를 탈환하리라.

All That Is Gold Does Not Glitter

J. R. R. Tolkien

All that is gold does not glitter,

Not all those who wander are lost;

The old that is strong does not wither,

Deep roots are not reached by the frost.

From the ashes a fire shall be woken,

A light from the shadows shall spring;

Renewed shall be blade that was broken,

The crownless again shall be king.

 우리가 흔히 원용하는 영국의 경구는 셰익스피어가《베니스의 상인》에서 언급한 "반짝이는 모든 것이 다 황금은 아니다 (All that glitters is not gold)"인데요, 시인은 이 말을 뒤집어 놓았습니다. 뭐가 다르냐고요? 아주 많이 다릅니다. 무엇보다 본래 의미는 황금이라면 모두 반짝인다는 전제에서 시작하지요. 그런데 여기서는 황금이라도 다 반짝이는 것이 아니라고 하니까 '황금=반짝이는 것'이라는 상식이 깨졌지요. 또 여기에 가치판단을 개입시키면 '황금=반짝이는 것=좋은 것'이라는 공식도 깨졌습니다.

본래의 셰익스피어가 의도한 것은 번지르르한 겉모습에 속지 말라는 의미입니다. 겉으로는 반짝여도 그 안에 거짓, 속임수가 숨겨져 있을 수 있다는 것이지요. 그런데 톨킨은 이 말을 뒤집어서 황금이라고 마냥 좋은 것은 아니라는 의미를 창출합니다. 다시 말해 중요한 것은 그 황금을 연마하여 반짝이게 할 수 있는 내면의 강인함이라는 것입니다. 요컨대 연마되지 않은 황금은 반짝이지 않는다는 뜻입니다.

시의 전반부는 마치 훈민정음의 '뿌리 깊은 나무' 대목을 연상시킵니다. 후반부는 뭔가 거역할 수 없는 묵시의 분위기를 풍기지요.《반지의 제왕》1부에 나오는 시입니다. 흥미진진한 이야기의 전개를 기대하게 하는 시이지요. "왕관을 잃은 자 왕좌를 탈환하리라"는 마지막 행은 그래서 독자의 호기심을 더욱 부추기면서 장엄함의 끝을 장식합니다.

저는 이 시를 지금 어려움에 처한 이들에게 바치고 싶습니다. 길을 찾지 못한 이들, 실의에 빠지고 의지가 꺾인 이들, 몽땅 망했다고 희망을 거둔 이들... 모두 결코 절망에 머물지 말고 남아 있는 힘을 끌어 모아 희망의 불꽃을 살려보면 좋겠습니다. 끝없이 어둡고 어두운 터널도 결국은 출구가 있기 마련이니까요. 인생은 장애물 없는 고속도로('황금')도 아니고 장애물만 가득한 가시밭길도 아닙니다. 이 다사다난한 인생길을 위해 다시 한 번 더, 아니 골백번이라도 더 '꺾이지 않는 마음'을 소환해 봅시다. 결국 살아남은 자만이 영광의 시간을 다시 볼 수 있을 테니까요.

12

도버 비치

매튜 아놀드 (1822~1888)

오늘밤 바다는 잔잔합니다.

밀물이 차올랐고 달은 어여쁘게 드리웠군요

해협 위로. 프랑스 쪽 해안선을 따라 불빛이

반짝였다 사라집니다. 영국 쪽 해안에는 절벽이 연이어

　서 있습니다,

바닷물에 반사되어 반짝이며 조용한 포구 쪽으로 광활하게

　펼쳐져 있군요.

이리 창가로 와보오, 밤공기가 부드럽다오!

파도에 부서져 포말이 이는 긴 해안선!

달빛에 하얗게 씻기운 대지와 바다가 만나는 곳,

들어보구려! 파도가 당겼다가 되돌아가며 던져버리면

높은 해안가에 부딪혀 그르렁거리며 달려가는 자갈 소리가 들리지요.

시작했다가 멈추고 그리고 다시 시작하는,

저 느릿느릿하면서도 엄청나게 멋진 박자와 더불어

슬픔을 머금은 영원의 곡조를 가져오는 소리를.

……(2, 3연 생략)

아, 내 사랑이여, 우리 진실됩시다,

서로에게! 세상이 우리 앞에

꿈의 땅을 펼쳐놓은 듯

다채롭고 아름답고 새로워 보여도

결코 기쁨도 사랑도 빛도

그 어떤 확신도 평화도 고통을 덜어줄 도움도 주지 않으니 말이오.

그리고 우리는 여기 어두워가는 평원,

돌격과 후퇴의 나팔 소리로 혼돈에 휩싸인 곳,

밤이면 밤마다 아무것도 모르는 군인들이 격돌하는 그런 곳에

  함께 있으니까요.

Dover Beach

Matthew Arnold

The sea is calm tonight.

The tide is full, the moon lies fair

Upon the straits; on the French coast the light

Gleams and is gone; the cliffs of England stand,

Glimmering and vast, out in the tranquil bay.

Come to the window, sweet is the night-air!

Only, from the long line of spray

Where the sea meets the moon-blanched land,

Listen! you hear the grating roar

Of pebbles which the waves draw back, and fling,

At their return, up the high strand,

Begin, and cease, and then again begin,

With tremulous cadence slow, and bring

The eternal note of sadness in.

······(2, 3연 생략)

Ah, love, let us be true

To one another! for the world, which seems

To lie before us like a land of dreams,

So various, so beautiful, so new,

Hath really neither joy, nor love, nor light,

Nor certitude, nor peace, nor help for pain;

And we are here as on a darkling plain

Swept with confused alarms of struggle and flight,

Where ignorant armies clash by night.

도버 해협은 영국과 프랑스 사이를 가르는 물길로 영국인이 유럽대륙으로 넘어가는 관문입니다. 프랑스 쪽 해안은 모래 사장이, 영국 쪽 해안은 깎아지른 듯한 절벽이 하얗게 해안선을 따라 높이 솟아 있는 것으로 유명하지요. 시의 내용으로 볼 때, 이 시는 해협을 사이에 두고 영국 쪽 해안에서 프랑스 쪽을 조망하며 쓰인 것으로 보입니다.

시인 아놀드는 35년간 교육 현장을 감독하는 장학사였습니다. 그는 영국인의 속물근성과 섬나라의 편협함을 타파하려면 성경을 읽히고 인문학 교육을 강화해야 한다고 주장하였지요. 그러나 1845년부터 1867년 사이에 대표적인 시를 쓰고 난 이후 시를 절필했습니다. 시는 사람들에게 기쁨을 주고 더 행복하게 해야 하는데 그렇지 못하다고 판단하고 산문에 매달렸던 것이지요. 교양교육에 깊은 관심이 있던 그가 일반대중에게 영향력을 가지려면 시보다는 산문이 효과적이고 접근성이 높다고 판단한 것입니다. 1867년에 출판된 이 시는 그러니까 아놀드의 시작詩作 마지막 시기에 쓰였습니다.

아내와 함께 도버 해협이 내려다보이는 장소에서 썼을 이 시에서 시인은 자연과 인간세계를 대비시키고 있습니다. 잔잔한 바다와 어두운 밤하늘에 반짝이는 불빛으로 세상은 고요하고 평화로워 보입니다. 그러나 이면에는 불신, 전쟁, 고통이 난무하고 이를 덜어줄 어떤 것도 없다고 하지요. 아무것도 모르는 군인들을 끝없는 전쟁에 나서게 하는 잔인한 현실이 세상의 민낯입니다. 마지막 연에서 시인은 그가 속한 세상을 혼돈의 전쟁터에, 세상 사람들을 어둠 속에서 밤이면 밤마다 이유도 모르고 죽도록 싸워야 하는 군인들에 비유합니다. 영문도 모르고 전쟁터에 던져진 군인처럼 인간의 삶은 비참하고 맹목적이며 방향성이 없다는 비판, 결과를 알 수 없는 싸움에 목숨을 걸고 싸우는 인간의 우둔함과 함께 삶의 불확실성

에 대한 성찰이 돋보이는 부분입니다,

  그래서 시인은 유일한 희망과 대안으로서, 그대와 나라도 서로 진실되자고 합니다. 그렇지 않다면 어디에서 위안을 구할 수 있겠냐고 말하는 것이지요. 인간의 이기심과 잔인함, 그리고 통속적인 세태에 대한 시인의 깊은 절망이 아름다운 자연을 배경으로 짙게 우러나는 시입니다.

  그러나 교육자였던 시인은 인간을 포기하지 않았습니다. 아놀드를 중심으로 펼쳐졌던 교육현장에서의 교양회복 및 교양교육은 20세기 전반에 이르기까지 이어졌습니다. 영국이 여전히 인문학교육을 으뜸으로 여기고, 기초과학에 강한 배경에는 아놀드의 교육정신이 깊게 배어 있습니다. 세상이 아무리 어둡다 해도 결국 의지할 곳은 인간입니다. 서로에게 진실된 사람이 희망인 것입니다.

13

가지 않은 길

로버트 프로스트 (1874~1963)

노랗게 단풍진 숲속에 길이 두 갈래로 나 있었습니다.
안타깝게도 두 길을 다 걸어갈 수 없었습니다.
몸이 하나였으니까요. 아쉬워서 오랫동안 서서
길 하나가 덤불 속으로 굽어 내려간 쪽으로
바라볼 수 있는 데까지 멀리 보았습니다.

그리고 똑같이 어여쁜 다른 길을 택했습니다.
왠지 모르게 더 끌렸던 것 같습니다.
풀이 무성해서 사람의 발길이 더 필요해 보였으니까요.
하지만 그곳을 걸어보았다면 두 길에 난
발자취가 사실 거의 똑같았을지도 모릅니다.

그날 아침 두 길은 똑같이 낙엽에 덮여
사람이 다닌 흔적이 없었으니까요.
아, 나는 처음 본 길은 훗날을 위해 남겨두었습니다.

그러나 길은 또 다른 길로 이어지는 것을 알기에
다시 돌아올 수 있을지 의심했습니다.

먼 훗날에 세월이 흐른 후에 어디에선가
나는 한숨을 쉬며 이 이야기를 할 것입니다.
숲속에 두 갈래 길이 나 있었는데,
나는 사람들의 발길이 덜 닿은 길을 택하였다고,
그리고 그 때문에 모든 것이 달라졌다고.

The Road Not Taken

Robert Frost

Two roads diverged in a yellow wood,
And sorry I could not travel both
And be one traveler, long I stood
And looked down one as far as I could
To where it bent in the undergrowth;

Then took the other, as just as fair,

And having perhaps the better claim,

Because it was grassy and wanted wear;

Though as for that the passing there

Had worn them really about the same,

And both that morning equally lay

In leaves no step had trodden black.

Oh, I kept the first for another day!

Yet knowing how way leads on to way,

I doubted if I should ever come back.

I shall be telling this with a sigh

Somewhere ages and ages hence:

Two roads diverged in a wood, and I—

I took the one less traveled by,

And that has made all the difference.

인생은 매 순간이 선택입니다. 더러 나는 선택의 여지가 없었다고, 운명이 나를 계속 몰아왔다고 항변하는 분도 있겠지요. 그런데 한 번 더 진지하게 생각해 보아요. 마치 강요된 듯이 보였던 순간조차도 우리는 늘 선택해온 것이 아니었을까요. 선택지가 둘이기도 하고 여러 개이기도 하지만, 동시에 두 개 다 또는 여러 개 모두를 선택하기는 불가능하지요. 그래서 선택을 하고 나면 누구에게나 미련이 남습니다. 우리말 중 '남이 떡의 더 커 보인다'는 말, '놓친 물고기가 더 커 보인다'는 말은 이와 같은 인간적인 심리를 말하고 있습니다.

예전에 유명인사 한 분이 정계은퇴를 선언하며 이 시를 낭독한 적이 있습니다. 그가 예전에 훗날을 위해 남겨둔, '가지 않은 길'을 가보겠다는 의지를 이 시에 빗대어 피력한 것으로 이해됩니다. 시인은 되돌아갈 수 있을지 모르겠다고 회의하지만, 어떤 행운아들은 되돌아가서 가지 않은 길을 다시 가보는 기회를 얻기도 합니다. 그러나 대개 길은 또 다른 길로 이어지는 법이라 되돌아가고자 할 때는 너무 멀리 떠나왔거나 너무 늦은 경우가 많지요.

그간 많은 이가 이 시를 평할 때, 잎이 더 무성하고 사람의 발길이 덜 닿은 길, 즉 화자가 택한 그 길이 더 험난한 길이었다고 했습니다. 하지만 본문을 자세히 읽어보면, 두 길은 사람의 발길이 똑같이 닿아 있었을 것이고 특히 그날 아침에는 잎에 뒤덮여 둘 다 발자국 하나 없었다고 합니다. 결국은 화자의 주관적 판단이 사람이 더 적게 다닌 길이라고 '보인' 길을 선택한 것이지, 그가 택한 길이 반드시 더 험한 길이었는지 우리는 알 수 없습니다.

보통 우리는 남의 시련보다 자신의 시련을 더 아파하기 마련이지요. 그래서 화자의 어조에는 은연중에 자신의 선택이 더 큰 시련이었다는 의미가 내포되어 있는지도 모릅니다. 우리가 삶의 기로에서 양단의 선택 중 하나만 선택할 수 있다면, 그 선택으로 인하여 모든 것이 달라질 수밖에 없는 것이 인생입니다. 자신의 경력 또는 배우자를 선택하는 일처럼 말이지요. 그러나 인생을 꽤 살아온 저는, 어느 길을 선택했든 그 결과는 크게 다르지 않았으리라 감히 생각합니다. 중요한 것은 길이 아니라 바로 나, 어떤 길을 걷든 그 길의 선택도 완주도 내게 달린 것이니까요.

14

눈 오는 밤 숲가에 멈추어 서서

로버트 프로스트 (1874~1963)

이 숲이 누구의 숲인지 알 것 같다.

그의 집은 마을에 있으니

그는 모르리, 내가 여기 멈추어 서서

자기 숲이 눈으로 덮이는 것을 지켜보고 있음을.

내 작은 말이 뭔가 이상하다고 생각했을 테지

근처에 농가 한 채 없는 곳에

숲과 꽁꽁 언 호수 사이 그것도

한 해의 가장 어두운 밤에 멈추어 선 것을 말이야.

마구줄에 달린 방울을 흔들어 보는군

무슨 문제라도 있냐고 묻는 듯이 말이야.

들리는 소리라고는 오직 유유히 스치는 바람 소리와

솜털처럼 사뿐히 내려앉는 눈송이 소리뿐.

숲은 아름답고, 칠흑같이 어둡고 심오하다.

하지만 나는 지켜야 할 약속이 있고

잠들기 전에 갈 길이 멀구나,

잠들기 전에 갈 길이 멀구나.

Stopping by Woods on a Snowy Evening

Robert Frost

Whose woods these are I think I know.

His house is in the village though;

He will not see me stopping here

To watch his woods fill up with snow.

My little horse must think it queer

To stop without a farmhouse near

Between the woods and frozen lake

The darkest evening of the year.

He gives his harness bells a shake

To ask if there is some mistake.

The only other sound's the sweep

Of easy wind and downy flake.

The woods are lovely, dark and deep,

But I have promises to keep,

And miles to go before I sleep,

And miles to go before I sleep.

일 년 중 가장 어두운 밤에 불빛도 인적도 없는 길, 말을 타고 지나가던 화자는 문득 어느 숲 앞에 멈추어 서서 생각에 잠깁니다. 하얀 눈이 솜털같이 살포시 내리고 부드럽게 스쳐가는 바람 소리뿐 고요와 정적과 평화의 시간입니다. 예전에 저도 온 세상이 흰 눈으로 뒤덮였던 어느 눈 오는 밤 모두가 잠든 시간에 호숫가에 나와봤던 경험이 있습니다. 이 세상이 아닌 것 같은 분위기에 휩싸여 마음이 두근두근하였던, 그러나 동시에 차분하게 가라앉았던 시간이었습니다. 그저 눈 위에 몸을 던지면 이것이 온세상인 동시에 세상의 끝이기를, 영원히 지속되는 꿈이기를 바랐습니다. 함께 여행 간 친구가 잠에 깨어 어리둥절하며 들어가자고 재촉하는 바람에 이 아름다운 꿈에서 깨어났으나 수십년이 지나도록 마음에 남아 있는 기억입니다.

화자는 숲과 꽁꽁 언 호수 사이에 서 있다고 합니다. 문학에서 '호수' 또는 '강'은, 한 세계에서 다른 세계를 구분하며 이 경계를 넘어가는 곳에 위치하여 사람을 옮기는 매체의 상징으로 흔히 사용되어 왔습니다. 죽으면 저승 가기 전에 건너는 망각의 강이 대표적이지요. 여기서는 숲과 호수 사이에 마을로 가는 길이 있고 화자는 그 길 위에 서 있습니다. 호수를 경계로 하여 숲과 마을이 나뉘어 있는 것이지요. 숲은 울창하게 우거져서 어둡고 깊어 그 끝을 알 수 없는 피안의 세계를, 마을은 노동과 책임이 따르는 이 속세의 세상을 의미합니다. 조용히 하루의 일과를 마치고 집으로 돌아가는 길입니다. 화자는 매일 반복되는 노동과 책임에 지쳐 있겠지요. 문득 매혹적인 눈으로 뒤덮여 정적과 평화 속에 펼쳐진 숲 앞에서 그는 그 숲 속으로 들어가고 싶은 충동을 느꼈을 것입니다. 이때 숲은 영원한 휴식의 세계, 곧 죽음을 의미할 수 있으니까요.

그러나 화자는 아직 마을에 속해 있습니다. 그에게는 지킬 '약속'이 있습니다. 그리고 처음부터 이 숲은 그의 숲이 아닙니다. 그는 마을에 있는 가족을 챙기고 지켜야 할 책무를 다해야 함을 잘 알고 있습니다. 그래서 늦기 전에 집에 가서 내일의 노동을 위해 잠자리에 들어야 합니다. '잠들기 전에 갈 길이 멀구나'에서 길은 단순히 물리적인 거리만을 의미하지 않습니다. 아직 이 생에는 해야 할 일, '약속'의 무게가 무겁다는 의미가 내포되어 있습니다.

오늘도 지켜야 할 '약속'을 위해 고단한 노동에 나서는 그대들에게, 축복과 위안이 있기를 바랍니다.

15

눈사람

월리스 스티븐스 (1879~1955)

모름지기 겨울의 마음을 가져야 합니다
서리와 눈옷을 뒤집어쓴
소나무 가지를 제대로 응시하려면.

추위도 오래 견뎌야 합니다
고드름이 매달려 늘어진 로뎀 향나무와
1월의 햇빛을 받아 반짝이는

저 멀리에 거친 가문비나무를 지켜보려면.
그리고 생각지 말아야 합니다, 바람 소리와 얼마 안 남은 나뭇잎의
바스락거리는 소리에 실린 그 어떤 비탄에 대해서도.

그것은 대지의 소리
늘 같은 황량한 곳에 불었던
늘 같은 바람으로 가득한 소리

눈 속에서 귀 기울여 들으며

스스로 무無이면서 존재하지 않는 무와

존재하는 무를 관조하며 귀 기울이는 그를 위한 소리.

The Snow Man

Wallace Stevens

One must have a mind of winter

To regard the frost and the boughs

Of the pine-trees crusted with snow;

And have been cold a long time

To behold the junipers shagged with ice,

The spruces rough in the distant glitter

Of the January sun; and not to think

Of any misery in the sound of the wind,

In the sound of a few leaves,

Which is the sound of the land

Full of the same wind

That is blowing in the same bare place

For the listener, who listens in the snow,

And, nothing himself, beholds

Nothing that is not there and the nothing that is.

첫 행에 나오는 '겨울의 마음'은 과연 무엇일까요. 처음에는
제목만 보고 어린 시절 아무 생각 없이 형제나 친구들과 만든
눈사람을 떠올렸습니다. 숯이나 솔가지를 주워 눈과 코, 입을
붙이고 신나게 그 옆에서 눈싸움을 했던 바로 그 눈사람 말이
지요.

그런데 이 시에 나오는 눈사람은 내가 어려서부터 알고 있
던 그 눈사람과는 완전히 다른 존재임이 드러납니다. 단순한

눈사람, 우리가 바닷가에서 모래를 가지고 놀면서 짓는 모래 성처럼 놀이의 객체로서 만들어졌다 잊혀지는 눈사람이 아닙니다.

시인의 주관적 관점이 투영된, 눈코입과 생각이 살아 있는, 다만 눈의 옷을 입은 사람입니다. 그런데 시에는 눈사람에 대한 언급이 없습니다. 마지막 연에서 보듯이 이 시의 화자는 눈사람 밖에 있는 관찰자입니다. 그는 지금 눈사람이 서 있는 주변 풍경들, 즉 "눈옷을 뒤집어쓴 소나무 가지," "고드름에 매달려 늘어진 로뎀 향나무," "저 멀리에 거친 가문비나무"를 제대로 응시하고 이해하려면 '겨울의 마음'을 가지라고 합니다. '겨울의 마음'에 대한 힌트는 '그 어떤 비탄'도 생각해서는 안 된다는 주장에 실려 있습니다. 즉 인간적인 마음은 아니라는 거지요.

그리고 마지막 연에 가면 좀 더 의미가 분명해집니다. 시간과 공간속에 늘 언제든 어디에서든 존재하였던 것, 또한 동시에 바로 그 동일성과 항상성 때문에 시공을 초월하여 존재하는 것, 즉 시공 속에 있으면서 동시에 시공을 넘어서는 마음입니다. 만물의 창조 이래 면면히 흘러왔던 우주적 진리거나 자연의 이치를 말하는 것 같습니다. 다시 말해 겨울의 풍경 속에

고요히 서 있는 눈사람처럼 스스로 무無이면서 태곳적부터 불었던 바람의 소리를 듣고 관조하는 마음입니다. 여전히 마지막 부분에 "존재하지 않는 무와 존재하는 무"의 의미는 매우 철학적이라서 어렵기만 합니다. 하지만 반야심경의 '색즉시공 공즉시색色卽是空 空卽是色'을 떠올리게 해 놀랍습니다. 물질적인 색色의 세계와 평등 무차별한 공空의 세계가 서로 연속된 것이며 다르지 않음을 뜻하지요.

그렇습니다. 동양의 중용적, 포용적 전통과 달리 서구는 오랫동안 대립적 전통에 익숙해 왔습니다. 20세기를 대표했던 서구의 '모더니즘'의 시인들 중 상당수가 이처럼 흑-백, 선-악, 음-양, 남-녀 등을 분명히 가르는 소위 이분법적 가치판단의 전통에 반발하여 이 극단과 대립의 조화와 합일을 꾀하는 동양사상에 매혹되었습니다. T. S. 엘리엇이 그랬고 에즈라 파운드가 그랬으며 이 시를 쓴 월리스 스티븐스가 그랬습니다.

그들의 출발점은, 어느 한 극단이 없다면 다른 한 극단도 없다는 인식, 예컨대 어둠이 없다면 빛이 없고 선의 판단은 악의 존재에 기초한다는 인식입니다. 또한 인간의 본성 및 인간이 살아가는 세상에는 필연적으로 서로 대립하는 듯한 이 양면성이 모두 존재함을 인정하는 것입니다. 이로부터 서서히 현대 서구문명은 구별, 분리에 의한 차별을 없애자는 운동으로 나아갔습니다. 이처럼 심오한 생각을 눈사람에 입힌 시인을 생각하며, 올겨울 우리도 한 번 눈사람을 만들어보며 '겨울의 마음'이 되어봅시다. 모든 것을 인내하고 기다리며, 시공을 초월하며 시공 속의 존재의 처음과 끝을 아우르는, 진정으로 관조하는 눈과 귀를 가진 무념무상無念無想의 눈사람이!

16

나의 노래

월트 휘트먼 (1819~1892)

52

....

나는 공기처럼 떠납니다, 달아나는 해를 향해 백발을 흔들며,

나의 육신을 썰물에 띄워 뾰족한 암석 사이에 떠돌게 합니다.

나는 나 자신을 흙으로 돌려보내 내가 아꼈던 풀이 되어

　자라나게 하겠습니다.

만일 그대가 나를 다시 원한다면 당신의 구두 밑을 찾아보세요.

그대는 내가 누군지 내가 무엇을 의도했는지 모르겠지만

그래도 나는 그대의 건강을 지켜주렵니다.

그대의 피를 거르고 정화시켜 주겠습니다.

처음에 나를 찾아내지 못해도 용기를 내서 계속 찾아주세요.

한 장소에서 나를 찾지 못하면 다른 곳도 찾아보세요.

나는 어딘가 멈추어서 그대를 기다리고 있겠습니다.

Song of Myself

Walt Whitman

52

......

I depart as air, I shake my white locks at the runaway sun,
I effuse my flesh in eddies, and drift it in lacy jags.

I bequeath myself to the dirt to grow from the grass I love,
If you want me again look for me under your boot-soles.

You will hardly know who I am or what I mean,
But I shall be good health to you nevertheless,
And filter and fibre your blood.

Failing to fetch me at first keep encouraged,
Missing me one place search another,
I stop somewhere waiting for you.

19세기를 대표하는 미국 시인, 월트 휘트먼의 가장 대표적인 시입니다. 그는 전통적인 시어와 형식을 거부하고 일상언어와 자유로운 형식을 사용했습니다. 영국의 낭만주의에 비견되는 미국의 초절주의 또는 초월주의^{transcendentalism}와 리얼리즘을 접목시킨 시인으로 꼽히지요. 그래서 초절주의의 선구자라고도 불리고 있는데요. 초절주의는 인간의 직관과 타고난 선함, 그리고 양도할 수 없는 가치에 대한 믿음을 바탕으로 합니다. 온갖 세속사에 의해 인간의 순수성이 타락되기 전의 상태를 최상의 상태로 보았다는 점에서 영국의 낭만주의와 맥이 닿아 있습니다.

초절주의는 이미 타락한 세상에서 인간은 "자존^{self-reliance}"하는 것이 최선이라 했지요. 또 인간의 존재가 신의 창조와 완전히 조화를 이루는 것이기에 정신뿐만 아니라 육체도 동등하게 찬양해야 한다는 관점을 가집니다.

이 시에서 시인은 죽음을 존재의 끝이라고 보지 않습니다. 때가 되어 죽음을 맞이하게 되면 '공기처럼' 떠난다고 하지요. 공기는 서양에서 우주를 구성하는 네 가지 원소인 흙·물·불·

공기 중 하나이면서 무게 없이 가볍습니다. 그러므로 자연의 일부로 돌아가되 가벼운 마음으로 가겠다는 의미가 내포되어 있습니다. 저무는 해를 향해 백발을 흔들고, 육신은 썰물에 띄우고, 또 흙으로 돌아가겠다고 했지요. 이는 사실상 불-물-흙을 차례로 순환하며 이미 언급한 공기와 더불어 네 가지 원소 모두를 소환한 것입니다.

그렇게 완전한 원소가 되어 자연으로 돌아가서 새로운 생명인 풀이 되겠다고 합니다. 그것도 그대의 건강을 지켜주는 유익한 풀이 되겠다 합니다. 동양의학의 약초를 떠올리게 하는 구절이기도 하고 우리가 일상으로 먹는 채소를 의미할 수도 있을 겁니다. 심오한 얘기에서 갑자기 실용적인 주제로 옮겨가니 좀 얼떨떨합니다. 그러나 이어지는 부분은 삶과 죽음이, 정신과 육체가 하나라는 초월주의의 정수를 보여줍니다. 덧붙여 풀은 늘 민중의 상징이었으니 여기서도 풀로 다시 태어난다는 것은 새로이 인간, 그저 보통의 민초로 환생한다는 숨은 의미도 포함하고 있습니다.

내가 죽고 없더라도 "나는 어딘가에 멈추어서 그대를 기다리고 있겠습니다"고 하는 것은 사후 자연으로 돌아가는 인간 영혼의 불멸성에 대한 언급입니다. 그런데 이 세상 어딘가에 그 육신의 흔적이 풀의 모습으로 남아 있을 테니 찾아보라고 했잖아요. 즉, 그의 육체가 분해되어 자연으로 돌아가서도 새로운 생명이 되어 그대를 지켜주듯, 그의 정신 역시 어딘가에 멈추어 사랑하는 이를 보호하고 지켜줄 것이라는 주장이요, 소망입니다. 여기서 저는 왠지 모르게 조상에게 제사를 지내며 예를 갖추고 복을 비는 우리의 마음과 상통한다는 느낌이 드는군요. 우리가 사랑한 이들이 죽어서도 수호신이 되어 이생에 남겨 두고 온 이들을 돌본다는 믿음은 우리 것만이 아니겠지요.

17

새 시대의 거인

엠마 라자러스 (1849~1887)

정복하던 두 다리로 이 대륙 저 대륙 사이에 쩍 벌리고 선

그리스의 명망 높은 저 냉혹한 거인과는 달리

여기 우리의 바닷물에 씻기운 석양의 관문에

횃불을 든 강인한 한 여인이 서게 하리라

번개를 가두어 불꽃을 피우는 그녀의 이름은

'추방자의 어머니.' 횃불 든 그녀의 손으로부터

온 세상을 향해 환영의 불빛이 비추이네. 그녀의 따뜻한 눈동자는

공중 가교로 연결된 두 쌍둥이 항구도시를 내려다본다.

"고대의 대륙이여, 역사의 영광은 너희가 가지거라." 그녀가 외치네,

고요한 입술로. "내게는 보내다오, 너의 지치고 가난한 군중을,

자유로이 숨 쉴 곳을 갈망하며 부둥켜안은 너의 군중을,

너의 해안에 넘쳐나는 저 불쌍한 난민들을.

집도 없이 폭풍에 표류하는 이들을 내게 보내다오.

내가 이 황금의 문 옆에서 나의 횃불을 높이 들고 있으리니."

The New Colossus

Emma Lazarus

Not like the brazen giant of Greek fame,

With conquering limbs astride from land to land;

Here at our sea-washed, sunset gates shall stand

A mighty woman with a torch, whose flame

Is the imprisoned lightning, and her name

Mother of Exiles. From her beacon-hand

Glows world-wide welcome; her mild eyes command

The air-bridged harbor that twin cities frame.

"Keep, ancient lands, your storied pomp!" cries she

With silent lips. "Give me your tired, your poor,

Your huddled masses yearning to breathe free,

The wretched refuse of your teeming shore.

Send these, the homeless, tempest-tost to me,

I lift my lamp beside the golden door!"

이 시는 뉴욕항에 세워질 자유의 여신상 건립 기금 모금을 위해서 쓴 시입니다. 1883년 씌어져서 1888년에 출판된 시이나 1883년 여신상의 제막식에서 음송되었다고 합니다. 그리고, 1903년에 여신상을 받치는 주춧돌의 동판에 새겨졌습니다.

시인은 세계 7대 불가사의 중 하나인 그리스 로도스섬의 태양신 헬리오스의 거대한 석상과 자유의 여신상을 비교합니다. 그러나 이러한 비교 속에 드러나는 함의는 단순한 두 석상의 대비만은 아닙니다. 크게는 유럽적 전통에 대한 도전이면서 더 나아가 전쟁과 정복을 일삼는 약육강식의 남성적 전통에 대한 도전입니다.

새 시대의 거인이라고 불린 자유의 여신은 어머니의 이미지를 품고 있습니다. 자유를 갈망하며 조국에서 쫓겨나 난민이 된 이들을 품어주는 어머니의 이미지, 여신상은 사랑·자유·평화를 상징합니다. 이는 새 시대 새로운 땅에서의 가치를 의미하는 미국의 정체성에 대한 상징입니다. 실제 미국은 종교적 자유를 찾아 고국을 떠난 이들이 주축이 되어 건국한 이민자의 나라이지요. 하지만 우리는 역사의 아이러니를 마주하며 반문할 수밖에 없습니다. 자유의 여신상이 건립된 이래로 미국은 과연 그 정신을 잘 지켜왔는가 하고요.

세상에는 여전히 수많은 난민이 자유를 찾아, 숨 쉬고 의지할 곳을 찾아, 미국의 국경을 두드리고 있습니다. '어서 오라'는 환영의 횃불은 꺼진 지 이미 오래고, 여신의 눈빛은 차갑기 그지없습니다. 미국은 지금 태양신 헬리오스보다 더 맹렬한 정복의 다리로 세계를 누비고 있지 않은가요.

얼마 전 트럼프 행정부가 그랬듯이, 한때 내쫓긴 이들이 건국한 나라가 21세기의 소외된 자들을 냉혹하게 쫓아냅니다. 그들이 이 시를 읽어보고 왕년의 교훈을 얻었으면 좋겠습니다. 사실 이 시의 이상은 미국에만 해당되는 것이 아닙니다. 비단 국가에만 해당되는 것도 아니지요. 국가든 개인이든 우리는 자유를 핍박받는 그 모든 이를 따뜻하게 보듬으면 좋겠습니다. 그것이 인간다운 관계, 살 만한 나라의 기초이자 이상이니까요.

18

시카고

칼 샌드버그 (1878~1967)

세상 사람을 위한 돼지 도축업자
공구제작자, 밀짚단을 쌓아 올리는 인부
철도노동자 그리고 전국 화물운송 노동자
소란스럽고 거칠고 난폭한
큰 어깨들의 도시.

그들이 내게 말하기를 너는 사악한 도시라고 했어. 나는
　그 말을 믿었어, 왜냐하면 보았거든, 가스등 아래 천박하게
　화장한 너의 여인들이 농장일꾼들을 유혹하는 걸.
그들이 또 너는 비리로 가득한 놈이라고 그랬어. 그래서
　내가 대답했지, 맞아, 내가 보았거든, 총잡이가 사람을 죽이고는
　자유롭게 돌아다니며 또 죽이는 걸.
그들이 너는 짐승 같은 놈이라고 하더군. 그래서 내가 그랬어.
　맞아, 여자들과 아이들의 얼굴에서 무자비한 굶주림의
　표정을 보았다고.

그렇게 말하고 나서 나는 한 번 더 돌아서서 나의 도시를

  비웃는 놈들에게 그 비웃음을 되돌려주며 말했지.

내게 와서 한 번 보여줘 보라고, 다른 어떤 도시가 이처럼

  활기차고 거칠고 강인하고 영리함을 자랑하며 당당하게

  고개 들고 노래하는 곳이 있다면.

이 일 저 일 밀려드는 노동을 묵묵히 쌓아 올리는 중에도

  찰진 욕지거리를 사방에 날리며, 작고 연약한 도시들과는

  그 생동감에서 상대가 되지 않는 키 크고 용감한 무적의

  복서가 여기 있네.

물려고 달려들 기회를 노리며 혀를 핥는 사나운 개처럼,

  거친 야생에 던져진 능숙한 야만인처럼,

  안전모도 없이 맨머리로,

  삽질하고,

  무너뜨리고,

  계획하고,

  짓고, 부수고, 다시 지으며

공장의 매연 속에서, 입 주위에 온통 먼지가 달라붙어도

  흰 이를 드러내며 웃는,

운명의 끔찍한 짐더미를 짊어지고도 젊은이처럼 웃는

결코 싸움에 진 적이 없는 세상물정 모르는 무식한

　싸움꾼처럼 웃는,

그의 주먹과 갈비뼈 아래 민족의 맥박과 심장이 뛰고 있다고

　자랑스럽게 웃는,

　봐, 웃고 있잖아!

웃통 벗고 땀 흘리며, 돼지도축업자, 공구제작자, 밀짚단

　쌓아 올리는 인부, 철도 노동자, 전국 화물운송 노동자임을

　자랑스러워하며, 소란스럽고, 거칠고, 떠들석하게 젊은이의

　웃음을 웃고 있는 그가 여기 있네.

Chicago

Carl Sandburg

Hog Butcher for the World,

Tool Maker, Stacker of Wheat,

Player with Railroads and the Nation's Freight Handler;

Stormy, husky, brawling,

City of the Big Shoulders:

They tell me you are wicked and I believe them, for I have
 seen your painted women under the gas lamps luring the
 farm boys.
And they tell me you are crooked and I answer: Yes, it is
 true I have seen the gunman kill and go free to kill
 again.
And they tell me you are brutal and my reply is: On the
 faces of women and children I have seen the marks of
 wanton hunger.
And having answered so I turn once more to those who
 sneer at this my city, and I give them back the sneer and
 say to them:
Come and show me another city with lifted head singing
 so proud to be alive and coarse and strong and cunning.
Flinging magnetic curses amid the toil of piling job on job,
 here is a tall bold slugger set vivid against the little
 soft cities;

Fierce as a dog with tongue lapping for action, cunning as

a savage pitted against the wilderness,

Bareheaded,

Shoveling,

Wrecking,

Planning,

Building, breaking, rebuilding,

Under the smoke, dust all over his mouth, laughing

with white teeth,

Under the terrible burden of destiny laughing as a

young man laughs,

Laughing even as an ignorant fighter laughs who has

never lost a battle,

Bragging and laughing that under his wrist is the pulse,

and under his ribs the heart of the people, Laughing!

Laughing the stormy, husky, brawling laughter of Youth,

half-naked, sweating, proud to be Hog Butcher, Tool

Maker, Stacker of Wheat, Player with Railroads and

Freight Handler to the Nation.

이 시는 도시 시카고를 의인화하여서 그곳이 국가산업을 견인하는 노동의 현장임에, 그리고 그 현장의 주역들인 거친 노동자들이 힘든 노동에도 생기를 잃지 않고 노동의 책무를 다하고 있음에 깊은 자부심과 감사를 표현하는 헌사이며 찬가입니다. 산업역군으로서 그들의 자부심과 엄청난 활력이 노동의 끔찍한 부담과 처절한 피땀과 대비되어 사뭇 경건함을 풍기면서도 한편으로 격정적이고 긍정적이며 힘찬 시입니다. 그 누가 있어 이들의 노동을, 이들의 피땀을 조롱할 수 있을까요. 그 누가 있어 이들이 무식하다고, 이들이 거칠다고, 이들이 사악하고 짐승 같으며 비리에 젖어 있다고 비난할 수 있을까요.

거친 야생을 정복해야 하는 야만인의 사나움처럼 이들의 "소란스럽고 거칠고 난폭한" 질주는 국가를 받치는 산업현장에 필수적인 것이었습니다. 도시는 (그리고 국가는) 이를 자랑스러워하고 감사해야 하는 것이지 시시콜콜 그들의 교양과 문화적 잣대로 조롱할 일이 아닙니다.

이 시에서 특별히 눈여겨볼 단어가 몇 개 있습니다. 'wicked'

^{사악한,} 'crooked'^{삐딱한, 비리가 있는,} 'brutal'^{짐승 같은,} 그리고 'ignorant'^{무식}^한입니다. 'wicked'는 도덕주의자들, 특히 종교인들이 애용하는 단어이며 'crooked'는 위정자들이, 'brutal'과 'ignorant'는 지식인이나 화이트칼라들이 곧잘 사용함 직한 단어입니다. 모두 고상한 이들이 상대를 비판할 때 쓰는 말입니다.

그러나 '사흘 굶어 도둑질 안 하는 이 없다'고 "무자비한 굶주림" 앞에서는 도덕·정치·문화·지식은 아무 의미가 없습니다. 인간의 기본권이 충족되어야 의미있는 것이지요. 먹이를 위해 사냥을 나서거나 야생에서 생존하기 위해 야만인이 되어야 하는 것은 비난이나 비판의 대상에서 제외됩니다. 산업건설의 현장에서 그들의 노동이 없었다면 오늘날의 시카고는, 아니 미국은 건설되지 않았을 것이란 시인의 인식이 시 바탕에 깔려 있지요.

나아가 이 시는 한 도시 그리고 나아가서는 국가건설의 동력이며 기초인 민초에 대한 이야기입니다. 그들의 삶이 저급해 보여도 그들이 무식하고 거칠어 보여도 그들의 노동과 그 노동에 대한 자부심이 없이 어떻게 한 국가가 설 수 있었을까요? 이 시에 나열된 노동자들은 감히 도덕·정치·문화·지식을 앞세워 야유할 수 없는, 힘든 노동을 기꺼이 견디는 동시에 스스로뿐만 아니라 '세상을 먹고 살리기 위해' 산업의 근간이 되는 노동을 묵묵히 담당한 주체들입니다. 그래서 시의 첫 줄에서부터 "세상 사람들을 위한"for the World이라는 수식어가 붙었습니다. World의 W를 대문자로 써서 그 자부심을 그 당당함을 드러냈습니다. 또한 그 노동자들의 직업을 나열할 때, 모두 첫 문자를 대문자로 써서 그 당당함과 자부심을 표현하는 동시에 이들에 대한 존경과 감사의 예의를 갖추었습니다. 이 시는 그들에 대한 당당한 기록이며 자랑스러운 찬가입니다.

엘레지(애가) 연작

조지 보먼트 경이 그린, 폭풍우 속의 필 캐슬 그림을 보고 쓴다.

윌리엄 워즈워스 (1770~1850)

(마지막 2개 연만 번역함)

....

안녕, 안녕, 외톨이 마음이여

스스로 꿈에 갇혀 인간 세상과 거리를 두는 이여,

어디를 가나 그런 행복은

측은하여라, 눈먼 행복이므로.

그러니 환영하라, 불굴의 의지와 씩씩하게 인내하는

　쾌활한 마음을.

그리고 지고 갈 짐을 떠안고 가는 일상의 모습을!

여기 내 눈앞에 펼쳐지고 있는 그런 광경, 아니 더 힘든

　광경일지라도,

우리가 고통받고 깊이 애도한다고 해서 희망이 없는 것은

　아니리니.

Elegiac Stanzas,

Suggested by a Picture of Peele Castle in a Storm, Painted by Sir George Beaumont

William Wordsworth

....

Farewell, farewell the heart that lives alone,

Housed in a dream, at distance from the Kind!

Such happiness, wherever it be known,

Is to be pitied; for 'tis surely blind.

But welcome fortitude, and patient cheer,

And frequent sights of what is to be borne!

Such sights, or worse, as are before me here.

Not without hope we suffer and we mourn.

워즈워스는 총 15개 연으로 구성된 이 시에 구체적인 제목을 정해주지 않고, '엘레지 연작'이라고만 떡 하니 붙여놓았습니다. 대놓고 이거 '엘레지'야 라고 공표한 것이지요. 그래서 '엘레지'가 무엇인지 간단히라도 알아보는 것이 예의일 듯합니다.

엘레지는 '애가' 또는 '비가'로 번역되는 슬픈 노래입니다. 대개 죽은 자를 위한 애도나 묵상의 시를 말하지요. '엘레지'에는 오래된 관례가 있습니다. 우리나라의 시조나 가사처럼 정해진 형식의 정형시입니다. 네 개의 행이 한 연^{stanza}을 이루고 한 행 안에는 총 10개의 음절이 옵니다. 음악에서 엇박자처럼 약한음 + 강한음을 한 짝^{foot}으로 해서 총 5개의 짝이면 10개의 음절이 오지요. 첫 번째 행을 예로 들어보겠습니다. 강하게 읽는 음절만 악센트(') 표시를 해보면 아래와 같습니다.

Farewéll, farewéll the héart that líves alóne
훼어웰, 훼어웰, 더 하트 덧 리브즈 얼로운

가만히 앉아서 아래 우리 음에서 좀 까맣게 밑줄 친 음절을 강하게 힘주어서 발음해보면 노랫가락 같습니다. 엘레지 형식의 마지막 요건은 각운으로 흔히 칭하는, 한 행의 맨 마지막 모음절을 통일시키는 '라임'rhyme입니다. 하나의 연을 구성하는 네 개의 행 마지막 음절이 서로 엇갈리며 같아야 하지요. 즉 'abab' 형식이라고 하는데 첫 연에서 보면, 각 행 마지막 음절이 alone-kind-known-blind로 맞추어져 얼로운-카인드-노운-블라인드로 읽힙니다. 여기서 얼로운(a)과 노운(a)이 '오운'으로 떨어지는 음절로 같고, 카인드(b)와 블라인드(b)가 '아인드'로 떨어지며 같지요. 두운인 어-ㅋ-ㄴ-ㅂ은 상관없습니다. 그래서 abab 각운을 맞춘다고 합니다. 좀 이해가 되셨나요? 아니면 머리만 복잡해졌나요?

아니, 왜 이렇게 복잡한 짓을 하는 거야? 하고 반문할 수 있습니다. 시는 본래 감정을 표현하는 장르라고 알려져 있잖아요. 엘레지는 특히 슬픈 감정을 표현하는 시잖아요. 형식이란 과도하게 넘칠 수 있는 내용 즉 슬픔의 감정을 절제하기 위한 장치입니다.

그래서 형식과 내용은 서로 견제하고 보완하는 것이지요. 우리나라의 시조도 정형시인데, 절제를 미덕으로 삼았던 유교시대에 지나친 감정을 자제하고 사물의 핵심에 다가가기 위한 장치로서 형식이 강요된 시였습니다. 엘레지의 마지막 관례는 주제입니다. 슬픈 사건은 엘레지를 쓰게 된 계기가 되므로 그 사건의 희생자를 애도하고 기리는 것이 주제일 수밖에 없지요. 그러나 이게 다가 아닙니다. 더 중요한 것은 이 슬픔의 감정을 승화시켜 현실을 비판하고 삶을 바라보는 태도를 상기시키는 것입니다. 여기까지 나아가야 진정한 엘레지라 할 수 있습니다. 이 점에서 엘레지는 단순한 애도의 시가 아니라 깊은 성찰과 사회비판을 담은 정형시입니다.

이제 시로 돌아가 보겠습니다. 이 시를 쓴 계기가 된 슬픈 사건은 바다로 나갔던 형제 존 워즈워스의 죽음입니다. 시인은 직접 존의 죽음을 슬퍼하는 대신 필 캐슬에 걸린 조지 보먼트 경의 그림과 그 죽음에 비유하며 애도합니다. 총 15개 연 중 여기서 선택된 두 개 연은 마지막 14, 15연입니다. 슬픔을 승화시키는 부분에 해당됩니다. 시인은 앞서 보먼트 경의 그림을 보며 세속과 거리를 둔 고고한 삶을 예찬했습니다. 그러나 '상실'의 경험 이후 세상을 등진 고고함을 떠나 인간 세상으로 돌아서야 한다는 성찰에 도달합니다. 제7연에서 "깊은 슬픔이 나의 영혼을 인간답게 교화했다네"(A deep distress hath humanized my Soul) 라고 깨달음의 순간을 기록하지요.

삶의 거친 폭풍우 속에서 혼자만 고상하게 지켜왔던 권력, 평화, 영광 등은 죽고 나서 되돌릴 수도 없고 기억되지 않더라, '신기루'처럼 사라지는 한바탕의 일장춘몽이더라, 이제라도 세상 속으로, 사람들 속으로 들어가서 그들의 인내와 노력과 슬픔을 함께 감당하자고 외치지요. 저는 이 시에서 특히 인상적인 부분이 마지막 연에서의 'patient cheer'(인내하는 쾌활한 마음)입니다. 고단하고 힘들어도 명랑함을 유지하는 마음이지요. 어려서 읽은 만화 주인공 '캔디'가 생각납니다. 지금 고통받고 슬프다고 희망이 없는 것은 아닙니다. 힘내봅시다!

조지 보먼트 경이 그린, 폭풍우 속의 필 캐슬 그림. 윌리엄 워즈워스는 바다에서 죽은 형제 존 워즈워스의 죽음을 이 그림에 비유하여 이 시를 썼다.

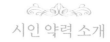

✿ 그레이, 토마스 Thomas Gray (1716~1771)
18세기 영국의 고전학자, 고대 영시 학자, 시인이다. 사업가의 집안에서 12남매 중 유일하게 유아기를 넘기고 살아남았다. 이튼 스쿨을 거쳐 케임브리지대학 피터하우스칼리지에 진학해 고전, 고대 영시, 고대 웨일스와 북유럽 문학을 공부했다. 초기에는 라틴어로 시를 쓰다가 1741년경부터 영시를 쓰기 시작했지만, 생전에 출간된 시는 별로 많지 않다. 시인 리처드 웨스트^{Richard West}의 죽음을 기리며 쓴 〈시골묘지에서 쓴 비가〉(Elegy Written in a Country Churchyard, 1751)가 유명하다.

✿ 던, 존 John Donne (1572~1631)
영국의 외교관, 성공회 사제, 시인이다. 옥스퍼드대학과 케임브리지대학에 다녔으나, 영국 국왕이 성공회 수장임을 인정하는 충성 맹세를 하지 않아서 학위를 받지 못했다. 젊어서는 스페인 함대와의 전쟁에도 참전하고 외교관과 변호사 업무에도 종사했으나, 직업의 안정성은 없었다. 제임스 1세의 권유로 성공회 사제 서품을 받고 성 바오로 대성당의 사제장으로 말년을 보낸다.

✿ 던바, 폴 로렌스 Paul Laurence Dunbar (1872~1906)
'흑인의 정체성'을 시로 표현한 북미 대륙 최초의 흑인 시인으로 칭송받는다. 노예 신분에서 벗어나기 위해 도망쳤다가 흑인 보병대에 입대해 남북전쟁에 참전한 '도망친' 흑인 노예의 아들로 오하이오주에서 태어나 백인학교에서도 교육받았다. 대학 교육은 받지 못하고 직업전선에 뛰어들어 엘리베이터 운전원으로 일하다가 첫 시집 《떡갈나무와 담쟁이덩굴》(*Oak and Ivy*, 1893)을 자비 출판한 이후 프레더릭 더글라스의 도움으로 시카고 세계박람회에 일자리를 얻게 된다. 그 후 시를 꾸준히 발표하면서 흑인 지식인들의 지지를 받아 의회도서관 열람실 직원 일자리를 얻게 된다. 시집 11권, 소설 4권, 단편 소설 4권을 발표했다.

⟡ 디킨슨, 에밀리 Emily Dickinson (1830~1886)

19세기 미국의 대표적인 여류 시인이다. 매사추세츠주 애머스트 명문가 출신으로 마운트홀요크여학교를 다녔지만, 광장공포증이 있어 18세 때부터 집안에 틀어박혀 사람과 거의 교류하지 않고 평생을 고독하게 보냈다. 2천여 편에 달하는 시를 썼지만, 생전에 12편도 출판하지 않았다. 성경, 고전적인 신화, 셰익스피어 작품에 대한 해박한 지식을 바탕으로 소로우와 에머슨과 같은 초월주의 시인들의 영향을 받아 쓴 시인의 시에는 회의주의, 반어법, 중의적 의미, 역설, 재기 넘치는 조롱이 돋보인다. 세상과 단절되어 살았지만, 직관과 시적 감수성이 넘쳐난다.

⟡ 라자러스, 엠마 Emma Lazarus (1849~1887)

미국 뉴욕의 스페인계 유대인 명문가에서 태어났다. 집에서 가정교사의 교육을 받았으며 1868년에 에머슨을 만나 문학 지도를 받았다. 유대주의에 깊은 관심을 갖고 중세 히브리 시인들의 시를 번역하고 유럽에서 학대를 피해 미국으로 망명 오는 유대인 이민자를 옹호하는 에세이를 썼다. 자유의 여신상 건립 기금 모금을 위해 쓴 〈새 시대의 거인〉(The New Colossus, 1883)도 유대인 이민자들에 대한 시인의 깊은 관심에서 나온 시이다.

⚘ 랜도어, 월터 새비지 Walter Savage Landor (1775~1864)
영국의 시인, 작가, 활동가이다. 영국 워릭에서 태어나 럭비스쿨
과 옥스퍼드대학 트리니티칼리지에서 교육을 받았다. 이탈리아
에서 1815년부터 1835년까지, 그리고 1857년부터 말년까지 살
다가 피렌체에서 사망했다. 프랑스어, 이탈리아어, 그리스어에
능통하고 역사에 대한 방대한 지식을 바탕으로 고전주의에 심
취했다.

⚘ 롤리 경, 월터 Sir Walter Raleigh (1552~1618)
16세기 영국 엘리자베스 여왕의 총애를 받던 궁정인이자 시인
이다. 여왕의 총애를 받아 미국 식민지화에 앞장서 로아노크 아
일랜드Roanoke Island의 식민화를 지휘했으며(1584~1587), 처녀 여왕
에게 헌사한다는 취지로 이 최초의 식민지 이름을 버지니아라고
짓기도 했다. 식민지 미국에서 영국으로 담배를 수입한 사람이
기도 하다. 여왕의 시녀를 유혹하여 결혼하는 바람에 여왕의 총
애를 잃었지만, 여왕은 시인에게 기아나Guiana의 금광채굴권을 부
여하는 은전을 베풀었다. 여왕 사후 제임스 1세 취임 후 반역죄로
투옥되기도 했으나, 풀려나 다시 금광 채굴 원정을 떠났다. 이 원
정에서 약속을 어기고 스페인 함대와 전투를 벌이는 바람에 귀국
후 반역죄로 처형되었다.

⚘ 뢰트키, 씨어도어 Theodore Roethke (1908~1963)
퓰리처상을 수상한 당대 미국의 대표적인 시인이다. 독일계 이
민자의 아들로 미시간주에서 태어나 성장했다. 할아버지와 삼
촌, 아버지가 함께 운영하던 온실 농장에서 어린 시절을 보냈으
며 미시간대학과 하버드대학에 다녔다. 여러 대학에서 학생을
가르치다가 만년에는 워싱턴대학에서 가르쳤다. 1인칭 시점에

서 자전적 삶을 시로 노래하는 '고백주의' 시의 선구자로 여겨진다.

⚘ 루이스, 세실 데이 C. Day Lewis (1904~1972)

아일랜드에서 태어나 영국에서 성장했다. 옥스퍼드대학 워드햄칼리지를 나와 1930년 좌익 정치활동에 참여해 3년간 공산당에 가입한 바 있다. 이상과 현실이 맞지 않아서 정치활동은 그만두고 자신의 경험을 시와 소설로 녹여냈다. 1968년부터 말년까지 계관시인(Poet Laureate: 영국에서 국가의 녹봉을 받는 시인으로 전임자 사망 시 국왕 또는 수상의 추천에 의하여 임명되는 종신직)이었다.

⚘ 루이스, 알룬 Alun Lewis (1915~1944)

웨일스 남부 칙칙한 탄광촌의 교사 집안에서 태어났다. 잉글랜드의 맨체스터에서 공부를 마치고 교사 실습을 위해 고향에 돌아왔지만, 1940년에 입대하여 2차 세계대전에 참전했다. 1941년에 교사인 엘리스Gweno Meverid Ellis와 결혼했으나, 곧바로 연대와 함께 인도로 원정 갔다. 그러고는 마침내 버마(미얀마) 전선에 투입되어 일본군과 전투를 벌였다. 루이스는 전쟁을 겪는 동안 생의 의지를 잃고 1944년에 자살했다.

⚘ 바이런 경, 조지 고든 George Gordon, Lord Byron (1788~1824)

19세기 대표적인 낭만주의 시인이다. 런던 태생으로 '미치광이 존'이라고 불릴 정도로 방탕한 아버지가 죽자, 어머니의 고향인 스코틀랜드 애버딘에서 어린 시절을 보냈다. 11세 무렵 큰 아버지가 후사 없이 죽자 그 귀족 칭호와 재산을 상속받으며 노팅엄셔의 영주가 되었다. 케임브리지대학 트리니티칼리지를 졸업하고 포르투갈, 스페인, 그리스, 튀르키예로 2년간 여행한 경험을 바탕으로 〈차일드 해럴드의 편력〉(Childe Harold's Pilgrimage, 1812)을 발표하면서 스스로 말했듯이 '자고 일어나 보니 하루 아침에 유명해졌다.' 1823년 튀르키예에 대항해서 독립투쟁을 하던 그리스를 지원하고자 군사훈련을 받는 도중에 1824년 말라리아에 걸려 사망했다. 이후 그리스에서는 국가적 영웅이 되었다.

✿ 번즈, 로버트 Robert Burns (1759~1796)
스코틀랜드의 민족시인이다. 스코틀랜드 남서부 지역인 에이셔의 가난한 농가에서 태어나 아버지가 세운 개척 학교에서 초등교육만 받았지만, 독학으로 꾸준히 공부해 17세에 《스코틀랜드 방언으로 쓴 시》(Poems, Chiefly in the Scottish Dialect, 1786)를 발표했다. 스코틀랜드의 정체성을 지키는 데 관심이 높았던 시인은 고유 언어와 문화를 지키기 위해 전승 민요, 민속, 전설을 수집하는 데 열성을 보였으며, 소박한 삶을 살면서 목가적 풍경과 지역의 토속 문화를 주로 노래했다.

✿ 브라운, 스털링 A. Sterling A. Brown (1901~1989)
미국의 시인, 비평가, 편집자, 영문학자이다. 워싱턴 D.C.에서 태어나 윌리엄칼리지와 하버드대학을 나와서 《Negro Affairs》 잡지 편집자, 흑인 문학 비평가로 활동하면서 교육자의 경력을 이어가다가 하워드대학에서 거의 50년간 재직했다.

✿ 브론테, 에밀리 Emily Brontë (1818~1848)
영국 요크셔 서부 지방 하워스Haworth에서 태어났다. 샬롯, 에밀리, 앤의 세 브론테 자매가 작품활동을 한 곳이며, 특히 에밀리의 소설 《폭풍의 언덕》(Wuthering Heights, 1847)의 배경이 된 곳이다. 자매의 아버지가 교구 목사를 지낸 곳으로 그들이 거주했던 목사관은 현재 박물관이 되었다. 한때 불모지였던 그곳이 지금은 브론테 자매에게 문학적 영감을 준 장소로 관광명소가 되었다.

♧ 블레이크, 윌리엄 William Blake (1757~1827)
영국 런던에서 태어나 영국 왕립 아카데미를 비롯해 예술학교에 다니며 예술가 교육을 받았다. 14세부터 동판화가 밑에서 도제 생활을 하던 중 자기만의 '영적 깨달음'을 추구하기 위해 런던으로 돌아와 시를 쓰고 시집을 발표했다. 대표작으로《순수의 시》 (Songs of Innocence, 1789)와《경험의 시》(Songs of Experience, 1794)가 있는데, 삽화도 직접 그렸다. 시인은 인간이 어떻게 구원을 얻을 것인가에 대한 자기 나름의 신화를 만들어 스스로 그 비전을 제시하는 예언적 음유 시인의 역할을 맡는다.

♧ 비숍, 엘리자베스 Elizabeth Bishop (1911~1979)
매사추세츠주에서 태어난 해에 부친을 잃고 5세 때인 1916년에는 어머니까지 정신병원에 수용되는 바람에 친척집을 전전하면서 성장했다. 어려서부터 병치레를 많이 해서 정규교육을 제대로 받지 못했다. 성인이 되면서 죽은 부친의 재산을 상속받아 일찌감치 독립해 홀로 자주 여행을 다녔다. 1951년 남미 여행 중 브라질 산투스에서 브라질의 여성 건축가 로타 수아레스^{Lota de Macedo Soares}를 만나 정착해 살다가 1967년 연인인 수아레스가 자살 후 미국으로 돌아와 여생을 보냈다. 비숍은 1956년 퓰리처상을 수상하였고, 1970년에 전미도서상, 1976년에 노이슈타트 국제문학상을 수상한 바 있다.

✿ 샌드버그, 칼 Carl Sandburg (1878~1967)

미국의 시인, 작가, 역사가이다. 일리노이주 게일즈버그의 스웨덴계 이민자 집안에서 태어났다. 8학년에 학업을 중단하고 소년 시절부터 다양한 일을 했다. 〈시카고 데일리 뉴스〉 기자를 하면서 건축가 프랭크 로이드 라이트, 소설가 시어도어 드라이저와 더불어 시카고 르네상스를 이끈 인물 중 하나이다. 1930년대 사회주의 운동가로 활동했으며, 13년간 링컨 연구에 몰두해 에이브러햄 링컨의 전기 6권을 출간해 1940년 퓰리처상(역사 부문)을 받았다. 그리고 《시카고의 시편》(Chicago Poems, 1916)을 통해 1951년 퓰리처상(시 부문)을 수상했다.

✿ 셸리, 퍼시 비쉬 Percy Bysshe Shelley (1792~1822)

영국의 대표적인 낭만주의 시인이다. 서섹스주 호샴Horsham의 보수적인 부자 집안에서 태어났다. 옥스퍼드대학 유니버시티칼리지에 입학했으나 1학년 때 친구들과 함께 쓴 무신론적 팸플릿을 철회하지 않아서 퇴학당한다. 동창생과 결혼한 상태에서 급진적 사회주의 철학자 윌리엄 고드윈의 영향으로 정치적 활동을 하게 되면서 그의 딸 메리 울스턴크래프트 고드윈과 눈이 맞아 유럽으로 사랑의 도피행각을 벌이게 된다. 이 기간에 시인은 왕성한 작품활동을 했고, 그의 부인이 되면서 메리 셸리로 불리게 된 고드윈 역시 유명한 SF소설 《프랑켄슈타인》(Frankenstin, 1818)을 집필했다. 이들의 사랑은 시인이 이탈리아에서 익사하면서 막을 내렸다.

✿ 셰익스피어, 윌리엄 William Shakespeare (1564~1616)

영국 최고의 시인이자 극작가이다. 1564년 모자 장수인 존 셰익스피어와 부농 출신인 메리 아든 사이에서 태어났다. 8남매 중 셋

째지만 장남이다. 셰익스피어는 11세에 입학한 문법학교에서 문법, 논리학, 수사학, 문학 등을 배웠고, 대학에 다니지는 않았다. 1582년 앤 해서웨이와 결혼하여 딸과 쌍둥이 남매를 낳았다. 이후 런던으로 거주지를 옮겨 여러 직업을 전전하다 희극 배우로도 활동했으며, 당대 최고의 극단에서 주주이자 대표 극작가로 명성을 얻게 된다. 시인은 10편의 비극, 17편의 희극, 10편의 역사극, 《비너스와 아도니스》(*Venus and Adonis*, 1593) 등의 시집과 154편의 소네트가 실린 《소네트집》(*Sonnets*, 1609)를 남겼다.

ᛦ 스미스, 스티비 Stevie Smith (1902~1971)
영국 소설가이며 시인이다. 플로렌스 마가렛 스미스가 본명인 시인은 요크셔의 킹스턴어펀헐(약칭 헐)에서 태어난 직후 아버지한테 버림받고 엄마 손에 키워졌다. 그러다 다섯 살 때 엄마마저 질병에 걸리는 바람에 북런던 외곽인 팔머스 그린에 사는 이모한테 보내졌다. 결핵성복막염에 걸려 요양원에서 지낸 3년을 제외하고 평생을 그곳에서 살았다. 잡지사에서 비서로 일하면서 소설과 시를 출간하다가 극심한 신경쇠약 증세로 집에서 시만 쓰고 살다가 1971년 뇌종양으로 사망했다.

ᛦ 스티븐스, 월리스 Wallace Stevens (1879~1955)
미국 매사추세츠주 레딩의 네덜란드 개혁교회파 집안에서 태어났다. 하버드대학에서 문학을 전공하고 뉴욕법학대학을 졸업하고 법률회사에서 변호사로 활동하다가 1916년 하트포드 생명보험사에 들어가 1934년에 부사장까지 역임하면서 작품활동을 이어갔다. 1923년 첫 시집 《하모니엄》(*Harmonium*, 1923)을 발표, 총 8권의 시집과 1권의 산문집을 냈으며, 《가을의 오로라》(*The Auroras of Autumn*, 1951)로 전미도서상을 수상했고, 《월리스 스티븐스 시 전집》(*The Collected Poems of Wallace Stevens*, 1955)으로 퓰리처상과 전미도서상을 수상했다.

♥ 아놀드, 매튜 Matthew Arnold (1822~1888)
영국의 교육자, 시인, 사회비평가이다. 영국 서레이 지역의 레일햄에서 럭비스쿨 교장의 아들로 태어났다. 옥스퍼드대학 베일오일칼리지를 졸업하고 장학사가 되어 35년간 교육 현장을 감독했다. 그는 영국인의 속물근성과 섬나라의 편협함을 타파하려면 성경을 읽히고 인문학 교육을 강화해야 한다고 주장했다. 그러나 1845년부터 1867년 사이에 대표적인 시를 쓰고 난 이후 시를 절필했다. 시는 사람들에게 기쁨을 주고 더 행복하게 해주어야 하는데 그렇지 못하다고 판단하고 산문에 매달렸다. 교육에 깊은 관심이 있던 그가 일반 대중에게 영향력을 가지려면 시보다는 산문이 효과적이고 접근성이 좋다고 판단한 것이다.

♥ 엘리자베스 1세 여왕 Queen Elizabeth I(1533~1603)
헨리 8세와 그의 두 번째 왕비 앤 불린의 딸로 태어났다. 어머니가 간통과 반역죄로 억울하게 누명을 쓰고 참수형을 당한 뒤 엘리자베스는 궁중에서 늘 불안하고 위험하기만 한 어린 시절을 보냈다. 헨리 8세는 1547년 엘리자베스가 열세 살 때 세상을 떠나고, 그녀의 이복동생 에드워드 6세가 왕위를 계승했다. 그리고 이복동생의 뒤를 이어 여왕이 된 이복언니 메리 1세가 1558년 11월 17일에 병으로 죽자, 유일한 후계자 엘리자베스가 25세의 나이로 화려한 대관식을 치르며 여왕으로 즉위했다. 여왕으로서 대영제국의 영광을 이끌 수 있었던 비결 중 한 가지를 꼽자면 말과 글로 상대방을 잘 설득할 수 있는 여왕의 언어적 역량이다.

♦ 예이츠, W. B. William Butler Yeats (1865~1939)

아일랜드 시인으로 1923년 노벨 문학상을 받았다. 더블린에서 태어나 런던에서 화가 훈련을 받으며 성장했지만, 아일랜드 문화에 깊은 유대 의식을 갖고 아일랜드 독립전쟁에 참여하고 아일랜드 문예협회, 아일랜드 국민극단을 창립하여 주도적으로 활동하였다. 아일랜드 오컬트(Occult: 신비적인 초자연 현상) 문화에 깊은 관심을 갖고 있었는데 이는 자동 필사를 하는 조지 하이드 리스Georgie Hyde Lees와의 결혼으로 이어지고, 환상주의, 상징주의 작품 세계를 보여주는 《환상》(*Vision*, 1925)의 발표로 결실을 본다.

♦ 와이어트, 토마스 Thomas Wyatt (1503~1542)

16세기 영국의 정치가, 대사, 시인이다. 영국 켄트주 앨링턴성에서 태어나 케임브리지대학의 세인트존스칼리지에서 공부하고 왕실에 들어가 실권자 토머스 크롬웰의 후원을 받아 스페인, 로마 등지로 대사로 파견되었다. 헨리 8세의 두 번째 왕비인 앤 불린의 애인으로 알려진 시인은 앤 불린의 실각과 함께 런던탑에 갇힌다. 그곳에서 애인의 처형을 지켜본 후 그 자신도 형장의 이슬로 사라지게 된다. 사후에는 그의 아들 또한 반역죄로 기소되어 처형을 당했다.

♦ 울먼, 새무얼 Samuel Ullmann (1840~1924)

미국의 기업가, 시인, 인본주의자, 종교 지도자이다. 독일 헤친겐의 유대계 집안에서 태어나 1851년 11세 때 차별을 피해 미국으로 이민을 왔다. 미시시피주에 정착하여 사업을 시작하고 시의원, 지역교육위원으로 활동한다. 1884년에 앨라배마주로 이주해 시교육위원회 활동을 하면서 지역 사회에서 교육과 종교 지도자로 많은 영향을 미쳤다. 은퇴 후에도 사랑, 자연, 종교, 가족, 우정, 청춘 등을 주제로 시와 에세이를 쓰는 데 열정을 보였다. 〈청춘〉도 그 노력에서 나온 시로 미국보다 일본과 한국에서 더 사랑을 받게 되었는데 이는 더글러스 맥아더 장군의 노력에 힘입은 바 크다. 맥아더 장군은 일본 점령군 사무실에 〈청춘〉을 액자에 담아 걸어놓고 연설에도 자주 인용했다고 한다.

✧ 워즈워스, 윌리엄 William Wordsworth (1770~1850)
영국의 북부 호수지역인 코커머스에서 태어났으나, 일찍 부모를 여의고 친척들과 이웃의 보살핌 속에 유년시절을 보냈다. 1787년에 케임브리지대학 세인트존스칼리지에서 공부했다. 20대 초반 유럽 도보여행 중에 프랑스혁명을 목격하고 잠시 프랑스혁명을 지지하기도 했으나, 공포정치가 시작되자 생각을 바꾸었다. 여동생 도로시 그리고 벗이었던 콜리지^{Samuel Taylor Coleridge}와의 문학적 교류로 유명하며, 그 결실이 바로 낭만주의 영시의 기폭제가 된 《서정담시집》(*Lyrical Ballads*, 1798)이다. 1799년 시인은 여동생과 함께 귀향하여 1850년 사망할 때까지 수많은 주옥같은 작품을 남겼다.

✧ 캠피언, 토마스 Thomas Campion (1567~1620)
의사, 시인, 작곡가이다. 영국 런던 출신으로 케임브리지대학 피터하우스칼리지에서 고전 문학을 공부하고 그레이즈인^{Gray's Inn} 법학원을 거쳐 1605년에 프랑스의 캉노르망디대학^{Université de Caen Normandie}에서 의학 학위를 받았다. 그는 개업의로 활동하면서 동시에 라틴어와 영어로 쓴 시를 발표하고 《에어곡집》(*Bookes of Ayres*)을 출판해 명성을 쌓았다. '자신의 시와 음악이 딱 맞게 결합하는 것'을 꿈꾸면서 류트 현악기와 노래로 연주할 수 있게 쓴 서정시 모음집이다.

✿ 컬린, 카운티 Countee Cullen (1903~1946)

편집자, 교사, 작가이다. 켄터키주 루이스빌에서 태어나 15세에 뉴욕의 성공회 신부에게 입양된다. 뉴욕대학과 하버드대학을 졸업하고 할렘 르네상스를 이끄는 정기 간행물인《기회: 흑인의 삶에 대한 저널》(*Opportunity: Journal of Negro Life*, 1923~1949)의 편집자로 일했다. 뉴욕 공립학교에서 영어와 프랑스를 가르쳤다. 시, 희곡, 아동도서와 할렘을 다룬 소설을 썼으며 흑인 시 선집을 편집하기도 했다.

✿ 코프, 웬디 Wendy Cope (1945~)

영국의 교사, 음악 교사, 잡지 편집자, 시인, 칼럼니스트이다. 영국 켄트에서 태어나 옥스퍼드대학 세인트힐다칼리지에서 역사학 석사학위와 웨스트민스터교육대학에서 교직을 이수했다. 초등학교 교사, 음악 교사, 잡지 편집자, 텔레비전 칼럼니스트로 바쁘게 살다가 아버지의 죽음 이후 극심한 우울증을 치료하기 위한 상담과정에서 시를 쓰게 되었다.

✿ 클레어, 존 John Clare (1793~1864)

영국의 19세기 낭만주의 농부시인이다. 영국 노샘프턴셔 헬프스톤의 작은 시골에서 태어나 주로 시골 생활을 묘사하고 자연을 찬미하는 시를 썼다. 들판에서 오래 일해온 경험을 바탕으로 전원생활에 대한 세심한 관찰을 시로 표현했다. 시인은 장소에 대한 감각이 아주 예민하고 고향 마을 풍경에 대한 집착이 심했다. 고향에서 불과 6km 정도 떨어진 마을로 이사 가서 생긴 극심한 향수병과 첫사랑 메리 조이스와의 이별로 인해 만성적인 정신불안 증세를 보이다가 1837년에 그는 정신병원에 갇히는 신세가 되어서 1864년 그곳에서 죽음을 맞았다.《전원생활과 풍경을 서

술한 시》(*Poems Descriptive of Rural Life and Scenery*, 1820) 등의 시집을 출간했다.

✧ 토마스, R. S. R. S. Thomas (1913~2000)

성공회 신부로 웨일스 지역의 광부, 농부를 대상으로 목회 활동을 하면서 웨일스어로 그들의 정서를 노래한 웨일스 민족주의 시인이다. 고전과 신학을 전공하고 웨일스어까지 공부해서 웨일스 문화에 대한 깊은 안목을 갖춘 후에 성공회 신부 서품을 받았다. 목회 활동을 하면서 주로 만나게 되는 농부들의 마음을 노래하는 작품 활동을 왕성하게 하며 2~3년마다 시집 한 권을 출판했다.

✧ 톨킨, J. R. R. J. R. R. Tolkien (1892~1973)

《반지의 제왕》(Lord of the Rings, 1937~1949)으로 유명한 판타지 소설의 거장이며 뛰어난 언어학자이자 영문학자이다. 남아공 태생의 영국인으로 옥스퍼드대학 엑시터칼리지 영문과를 수석으로 졸업하고 1차 세계대전 동안 영국군으로 복무했다. 대학에 자리를 잡기 전에 뉴 잉글리시 딕셔너리사에 근무하며 옥스퍼드 영어사전 편찬에 참여한 바 있다. 1925년 옥스퍼드대학 교수로 선임된 뒤 문헌학자로서의 명망을 쌓아 가던 톨킨은 그의 신화학적 상상력을 좀 더 가상의 주제와 연관시켜 《호빗》(*The Hobbit*, 1937) 이야기를 만들었다. 이 이야기가 독자들의 관심을 끌게 되면서 톨킨은 그의 가장 유명한 작품인 삼부작 대서사 《반지의 제왕》을 집필하게 된다.

✧ 티즈데일, 사라 Sara Teasdale (1884~1933)

20세기 초 활동한 미국의 여류시인이다. 미주리주 세인트루이스의 부유한 집안에서 태어났다. 젊어서 시카고 여행을 갔다가

시 잡지 편집자인 해리엇 먼로를 통해 시문학계에 입문하게 된다. 아름다움, 사랑, 죽음에 대한 여성의 변화되는 관점을 중심적으로 다루는 7권의 서정시집을 발표했다. 그녀의 시는 세인트루이스에서는 안정된 삶을, 뉴욕에서는 성공적이지만 점차 불안해지는 삶을, 그리고 1933년 자살로 생을 마감하는 우울하고 환멸에 싸인 삶을 시기별로 드러내며 여성의 변화하는 정체성을 주제로 다루었다.

✿ 프로스트, 로버트 Robert Frost (1874~1963)
미국의 20세기 대표적인 국민 시인으로 1961년 케네디 대통령 취임식에서 그의 시 〈아낌없는 헌신〉(The Gift Outright)을 낭독한 바 있다. 태어나 어린 시절을 보낸 곳은 샌프란시스코이지만, 다트머스대학과 하버드대학에서 공부하고 뉴햄프셔 지방에 정착해 농부로 살면서 미국 뉴잉글랜드 지방의 아름다움을 쉬운 언어로 노래하면서 그 속에 인생의 깊이를 상징적으로 담으려고 노력했다. 1913년 영국에 체류하던 시기에 발표한 첫 시집《소년의 의지》(A Boy's Will, 1913)가 에즈라 파운드, 에드워드 토마스의 추천을 받게 되면서 명성을 얻게 된다. 그 후 꾸준히 시집을 발표하고 애머스트대학 등지에서 시 쓰기를 강의하면서 당대 시인들에게 큰 영향력을 발휘하였다.

✿ 하우스만, A. E. A. E. Housman (1859~1936)
영국 우스터셔주 출신의 고전학자이자 시인이다. 세인트존스칼리지에서 고전을 전공하고 대학 졸업 후 특허청에서 일하면서 고문헌 연구논문을 꾸준히 발표하며 학문적 성과를 쌓아 대학에 자리를 잡게 되었다. 나중에 케임브리지대학 트리니티칼리지 라틴어 교수가 된다. 틈틈이 시를 써서 〈나무 중에 제일 예쁜 나무, 벚

나무〉가 실린 《슈롭셔의 젊은이》(*A Shropshire Lad,* 1896) 초판을
자비로 출판하였다. 그의 시는 젊은이들의 사랑을 받게 되면서
꾸준히 출간되고 오늘날까지 사랑을 받고 있다.

✿ 헤릭, 로버트 Robert Herrick (1591~1674)
영국의 17세기 시인이자 성공회 성직자이다. 런던의 부유한 금세
공사 집안에서 태어났다. 16세에 삼촌 밑에서 금세공사 도제 생
활을 하다가 22세에 케임브리지대학 세인트존스칼리지에 들어
가 성직자가 되었다. 버킹엄 공작의 실패한 레섬 원정에 사제목
사로 봉직한 덕분에 데본의 소교구 주임사제로 임명되었다. 조
용한 지방 교구에서 자연과 더불어 생활하며 2,500편이 넘는 시
를 썼다. 세속적인 시를 엮은 《헤스페리데스》(*Hesperides,* 1648)와
종교적인 시를 엮은 《고귀한 노래》(*Noble Numbers,* 1648)를 출판
했다.

✿ 헤이든, 로버트 Robert Hayden (1913~1980)
미국의 시인, 수필가, 교육자이다. 미국 디트로이트 빈민가에서
태어나 양부모 손에서 자랐다. 미시간대학을 나와서 내슈빌 피
스크대학과 모교에서 교수를 하였다. 말년에 1976년부터 1978
년까지 미국 의회도서관에서 시부문 고문으로 봉직했는데, 이를
테면 미국의 계관시인이라고 할 수 있다. 불우한 환경을 딛고 미
국 주류사회에서 성공한 삶을 살았던 시인은 시를 통해 내면의
상처와 아픔을 드러내면서 인생에 대한 깊은 통찰을 보여준다.

✿ 휘트먼, 월트 Walt Whitman (1819~1892)
에밀리 디킨슨와 더불어 19세기 미국의 대표적인 시인이다. 뉴
욕 롱아일랜드에서 태어나 브루클린에서 성장했다. 퀘이커 교도

였던 아버지와 어머니 사이에 난 아홉 명의 자녀 중 둘째로 태어났다. 11세에 정규교육을 마치고 직업전선에 뛰어들어 사무실 사환, 인쇄소 식자공, 교사, 관공서 서기, 기자 등을 전전하면서도 혼자 계속 공부하고 시를 썼다. 남북전쟁 참전 후 상이군인이 된 동생을 돌보다가 남북전쟁 참전용사들을 간호하는 봉사활동의 경험을 시로 써서 《드럼탭스》(*Drum-Taps*, 1865)를 출판하고 자신이 존경하던 에이브러햄 링컨에게 헌정한 〈오, 캡틴! 마이 캡틴!〉(O Captain! My Captain!), 〈지난번 라일락이 앞마당에 피었을 때〉(When Lilacs Last in the Dooryard Bloom'd)를 발표했으며 〈풀의 노래〉(Leaves of Grass, 1855)를 발표한 이래로 죽을 때까지 꾸준히 수정 증보를 거듭했다. 1873년 뇌출혈로 쓰러진 뒤 뉴저지주 캠던의 동생 집으로 이사하여 말년까지 머물렀다.

✿ 휴즈, 랭스턴 Langston Hughes (1902~1967)
미국 미주리주에서 백인 주인과 흑인 노예 사이에 태어난 혼혈로 미국 흑인의 삶을 주로 노래한 시인이다. 콜롬비아대학을 중퇴하고 남미와 유럽을 여행한 후에 워싱턴 D.C.로 이주해서 첫 시집 《슬픈 블루스》(*The Weary Blues*, 1926)를 발표해서 찬사를 받는다. 1929년 링컨대학에서 학위를 취득하고 시뿐만 아니라 소설, 드라마, 영화 시나리오, 에세이, 자서전 등 다양한 작품을 집필했다. 노예해방 이후인 20세기 초에 태어나 인권운동이 한창이던 1960년대까지 살면서 여전히 차별받는 흑인들의 삶을 노래한 그의 작품에는 흑인들이 거리에서 쓰는 말과 재즈와 블루스 음악이 그대로 살아 있다.

정경심과 영미시 함께 읽기

희망은 한 마리 새

초판 1쇄 발행 2024년 2월 16일

지은이	정경심
편집	배소라 이형진
디자인	이미경
그림	김석희
종이	페이퍼프라이스
인쇄	예인미술

펴낸이	이병열
펴낸곳	스토리두잉
출판등록	제2020-000001호
주소	경기도 고양시 덕양구 백양로 85 동양트레벨II 206호-B292
대표전화	070-7822-3833
전자우편	storydoingk@gmail.com
페이스북	storydoing.books
인스타그램	storydoing.books

스토리두잉 삶이 스토리가 되고 스토리가 삶이 되는 콘텐츠 실행자

(1552-1618)

(The Lie)

When I was Fair and Young
(내가 아리땁고 어렸을 적에)

Thomas Campion
토마스 캠피온 (1567-1620)

나는 이들 숙녀들을 연모하지 않으오

2022. 5. 29   Poems 1/4
(자개강)

LIST of Poems

illiam : Sonnet 18
: Sonnet 130
: Blow, Blow, Thou Winter Wind

: Love's Growth
: A Valediction of Weeping
: The Flea

en : On My First Daughter
: Inviting a Friend to Supper
: Song: To Celia (f.)

bert : Upon Julia's Breasts

eorge : Bitter-Sweet

n : Lycidas
: When I consider How My Light Is
: Paradise Lost (Bk 1)

Andrew : To His Coy Mistress
: The Definition of Love

John : Absalom and Achitophel : A Poem (일부분만)
: Mac Flecknoe
: Epitaph

Thomas Campion
토마스 캠피온 (1567-1620)

나는 이들 숙녀들을 연모하지 않으오

us go then, you and I...
, do not ask, "What is it?"
t us go and make our visit...

nd indeed there will be time
wonder, "Do I dare?" and, "Do I dare?"
me to turn back and descend the stair.
o I dare
Disturb the universe?
n a minute there is
For decisions and revi

For I have known
So how should I

2002.5.29   Date   Page 1/4

LIST of Poems   (거기서)

speare, William : Sonnet 18
: Sonnet 130
: Blow, Blow, Thou Winter Wind
e, John : Love's Growth
: A Valediction of Weeping.
: The Flea
on, Ben : On My First Daughter
: Inviting a Friend to Supper
: Song : To Celia (1)
k, Robert : Upon Julia's Breasts
Sweet

Sample Poem 1

William Shakespeare
Sonnet 130

W. Shakespeare
"Sonnet 18"

우리와 같이 여름에 나는 여름이 하늘의 계절입니다. 훨씬 더 답답도
훨씬하지만 햇볕이 너무 강하지도 않습니다.
늘 바람의 으르렁 바람이 새들을 이야기 하는 길고도 사랑이